撞死了一只羊

万玛才旦 ◎ 著

图书在版编目（CIP）数据

撞死了一只羊 / 万玛才旦著. -- 广州：花城出版社，2018.7（2019.4重印）
ISBN 978-7-5360-8599-2

Ⅰ. ①撞… Ⅱ. ①万… Ⅲ. ①中篇小说－小说集－中国－当代②短篇小说－小说集－中国－当代③小说创作－文学创作研究 Ⅳ. ①I247.7②I054

中国版本图书馆CIP数据核字(2018)第085788号

出 版 人：詹秀敏
策　　划：朱燕玲
责任编辑：夏显夫
技术编辑：凌春梅
封面设计：刘红刚

书　　名	撞死了一只羊 ZHUANG SI LE YI ZHI YANG
出版发行	花城出版社 （广州市环市东路水荫路11号）
经　　销	全国新华书店
印　　刷	佛山市浩文彩色印刷有限公司 （广东省佛山市南海区狮山科技工业园A区）
开　　本	880毫米×1230毫米 32开
印　　张	7.75　　1 插页
字　　数	160,000 字
版　　次	2018 年 7 月第 1 版　2019 年 4 月第 2 次印刷
定　　价	39.80 元

如发现印装质量问题，请直接与印刷厂联系调换。
购书热线：020-37604658　37602954
花城出版社网站：http://www.fcph.com.cn

目 录
CONTENTS

撞死了一只羊　/　3

我是一只种羊　/　21

寻访阿卡图巴　/　61

寻找智美更登　/　87

附：万玛才旦关于小说创作的访谈　/　202

撞死了一只羊

　　我和乞丐将死羊扔到天葬台上,后退几步等着秃鹫们下来。没过多久秃鹫们就摇摇晃晃地下来了,围在了死羊的周围,开始吃。

　　乞丐说:"这只羊真是好福气。"

　　我不说话,只是定定地看着。

　　乞丐说:"将来我死了,我也要把自己的尸体施舍给秃鹫们。"

大清早,我还没从梦中完全醒来,就被一位老雇主给叫醒了。

　　我记得我做了一个好梦,但是被他叫醒后,就不记得具体做了什么好梦了,只记得那是一个好梦。我有点扫兴,我在被窝里一动也不动。

　　这位老雇主叫普布次仁,他有狐臭,他也有很多钱。

　　这个清早,我实在不想起来。我从被窝里看了一眼普布次仁,没有说话。

　　太阳从窗户的缝隙里照进来了,屋里暖和起来。阳光让普布次仁的狐臭在空气中散发开来。他的狐臭的味道本来就很厉害,这会儿,从他身上散发出来的狐臭的味道让我睡意全无了。

　　普布次仁似乎没有意识到这些,他只是对我说:"拉一趟货吧。"

　　我走过去打开窗户,看着窗户外面说:"我今天休息。"

　　普布次仁这时好像也意识到了什么,走过去把另一扇窗户也打开了。他也对着窗户外面说:"拉到老地方,上午出发，下午就到了。"

我说："今天我休息。"

普布次仁笑了，说："今天的货急，必须今天去。"

我也笑了，说："我今天真的要休息。"

普布次仁就说："给你加钱。"

我犹豫了一下，说："加多少？"

普布次仁不假思索地说："五百。"

我就没再犹豫什么，穿上衣服跟他出来了。

装完货，普布次仁说："你的大卡车看上去就像一头壮实的牦牛！"

我说："很多人也这么说。"

普布次仁说："他们说得没错，确实很像。"

我没再说什么，钻进了驾驶室，然后我开着我的大卡车上路了。我从倒车镜里看到普布次仁站在原地不动。

这会儿，我开着我的大卡车已经在荒野上了。荒野上看不到半个人影，让人心烦。后面扬起的尘土，几乎把大卡车给淹没了。

已经是午后了，太阳很毒辣。我有点困，打了几个哈欠。路笔直地伸向远方，我忍不住闭上眼睛打了个盹。在荒野上行车，这是常有的事。但这也是在荒野上经常发生车祸的原因。因此，跑长途的司机们都喜欢带个小徒弟什么的。我也带过一个小徒弟。那已经是很多年前的事了。那个小伙子不错，很快就学会了开车。每当我开车开困了，他就替我开。

突然间我醒了,睁开眼睛,我的双手还在方向盘上,大卡车还在笔直的路上行驶着。我有点后怕,要是那个小伙子在就好了。可是,这样想也没有什么意义。那个小伙子长得英俊,我很喜欢。就是因为他长得英俊,我女儿也喜欢上他了,跟他跑了,再也没有回来,连个音讯也没有。我的老婆死得早,是我把女儿拉扯大的。可是最后,她还是跟着别人跑了。

这些事让我脑子里乱糟糟的,我使劲把脑门撞向方向盘,又使劲摇晃了一下脑袋。这一下,脑子里似乎清醒了许多。

为了继续保持这种清醒,我左手握住方向盘,右手伸向副驾驶的位置摸烟。我的手摸到了烟盒,我把手伸进了烟盒里。我的手指感觉到里面只有一根烟。我把那根烟掏出来,叼在了嘴上。

我看了一眼副驾驶的位置,发现打火机就在那个空烟盒的旁边。我转回头,把手伸向那里摸打火机。我先摸到了空烟盒,就使劲捏了一把,把空烟盒捏成了一团。我又快速地看了一眼,看准了打火机的位置。我很快就摸到打火机了。

我把打火机拿到方向盘的位置,打了几次才打着,将叼在嘴上的烟点燃了。

我吐出一口烟圈,烟雾慢腾腾地在我面前散开,随后消失了。之后,我又大口地吸了几口,将烟吸进了肺子里。立时,浑身上下一种很爽快的感觉。

那根烟在我的手指间快燃尽了,手指间沾着一些黏糊糊的东西，像是汽车的机油。快燃尽的烟头把我的手指给烫了一下。我把烟屁股在手指间往前推了推，又拿到嘴边狠狠地吸了一口。剩下的烟被我一下子吸完了。

我看了一眼，有点舍不得，最后又使劲吸了一口。这次，我吸到的不是烟的味道，而是过滤嘴的焦味。

之后，我将剩下的烟头从车窗里扔了出去。

我发现打火机还捏在我的手里。我把打火机放到了前面的仪表盘上。

仪表盘的上方挂着一张照片，上面是一位活佛，一副慈祥的表情。那张照片晃来晃去的。照片上的活佛也晃来晃去的。这位活佛是我的根本上师，他一直端坐在我的心头，纹丝不动。我开车这么多年，没出什么事故，就是因为我的上师一直端坐在我的心头。

我的眼睛盯着照片看，我的心里踏实了很多。随后，我的脸上露出了笑。

午后的天气似乎更热了。前面马路上的热浪像一道摇摆不定的风景。我的额头渗出了细密的汗粒。我把手伸向座位的底下，摸索，发出窸窸窣窣的声音。

最后，我摸出一个塑料瓶子。里面只剩下一点点水。

我用牙齿咬开瓶盖，把瓶子里仅有的一点水往自己的嘴里倒。那点水很快就滑进我的喉咙里了。我听到喉咙里似乎发出一阵"咝咝"的声音，像是被火烫着了。

塑料瓶里的水很快就没了。我狠狠地把塑料瓶子扔到了窗外。我从倒车镜里看到塑料瓶在荒野上飘向了远处，像是要急于摆脱掉跟我的干系。

突然,卡车剧烈地颤动了一下。我赶紧转过头来。我一边减速一边从倒车镜里往后看。我从倒车镜里看到后面的马路上有个东西在翻滚着。

我一个急刹车停下了车。

我又从倒车镜往后看。那个东西在马路中央停住了。

我继续从倒车镜里看那东西。那个东西一动也不动。

我打开车门走下车。我向那个东西走去。

待走近时,我看见那是一只羊。那只羊已经被我的卡车撞死了,一动也不动。

我在羊旁边蹲下身来。羊的眼睛半睁着,血从羊的嘴角流了出来。

我马上想到了我的根本上师。我闭上眼睛念了几句六字真言。

之后,我睁开眼睛看远处,远处什么也没有。

我又看了一眼羊的尸体。羊的嘴角的血流得更多了,半张着的眼睛已经失去了光泽。

我站起来,走到路边四处看,四处什么也没有,空荡荡的。只有一阵一阵的热浪起伏不定。

我从口袋里拿出一卷报纸,撕下一小张长方形的,拿在手里。我又从口袋里摸出一包烟丝。我把烟丝放在撕好的报纸上,开始仔细地卷。我用舌头舔了舔接口,将烟卷好了。每当没有了纸烟,我就自己卷烟抽。

我将卷烟叼到嘴边,准备拿出打火机点。

我在口袋里找，没有找到，就想起什么似的向大卡车的方向走去。

我打开驾驶室的门，从仪表盘上取出打火机，打着，点上烟。这时，我看见了挂在方向盘上方的照片上的我的上师。他一动也不动地斜眼看着我，眼神里似乎有责备我的意思。我有点不知所措，赶紧关上了车门。

我转身靠在车门上抽烟。抽了几口之后，不由自主地往死羊的方向看。死羊在那里一动也不动。我不由自主地念了一句六字真言。然后，我又转回头来继续抽烟。这烟草没有丝毫的劲道，抽着就像抽羊粪蛋卷的那种娃娃们抽的烟一样。

我一边抽烟一边看前面的荒野。荒野上什么也没有。我抽完烟，将烟蒂扔到地上，使劲在上面踩了踩。

然后，我转身向死羊的方向走去。我到了死羊的旁边，死羊还是一动也不动。我站着往下看死羊。死羊嘴角流出的血更多了，在马路上凝聚成一大块紫黑色的图案。这图案有点古怪，我似乎在那里见过，却又记不起来。我蹲下来把死羊抱在了怀里，站起来看远处。

远处什么也没有。我抱着死羊往卡车的方向走。

我走到卡车旁边，打开卡车后座的门，把死羊放在了后面的座位上。

我重重地关上后座的门，打开了前面的门。我跳上了驾驶员的位置。

我发动汽车。几次发动，只是发出"突突"的声音，没有发着。后来终于发着了。但是声音很古怪，一直"突突""突突"地响个不停。

待我坐稳之后，我又看见照片上的上师在盯着我。他的目光严肃，让我有点心虚。我赶紧低下头双手合十说："您也看见了，那只羊是我撞死的，但我不是故意的。"

我抬头看时，照片上的上师还是那副表情。

我在心里抱怨了一声："您也不提醒提醒我，撞死一只羊，让我积下罪孽。"

照片上的上师的表情似乎更严肃了。我有点不知所措了。我回头看一眼后座上的死羊。死羊很安详地躺着，一动也不动。

我回头看上师，上师的表情似乎变了，不再那么严厉了。这下我有点放松了，挂上挡，让车动了起来。

我想此刻我脸上的表情一定很古怪。我紧闭嘴巴，只顾开车。我从后视镜里看到我的两只眼睛，我的眼神有点失落。

前方的荒原上的热浪在大片大片地涌动。我的额头上渗出的汗珠更多了。汗水渗进了我的眼睛里。这让我很难受，我使劲眨了几下眼睛，前方的风景在我的视线中模糊起来。

我猛地发现前面的路上有个小黑影在蠕动着。我有点兴奋。我慢慢把车速给减下来。我盯着前面看。我辨不清那是个什么东西。热浪让那个东西的轮廓也变模糊了。

我又狠踩油门向那个黑影飞驶过去。随着距离的缩短那黑影也开始变得清晰起来。我终于看清那是头形单影只的驴子。我有点失望。我从车窗里看那驴子，驴子的眼神很冷漠。它似乎都懒得看我一眼。

我使劲摁了几下喇叭，发出了刺耳的声响。但是驴子似乎什么也没听到，旁若无人地沿着马路继续走它的路。

我对这头驴子很失望。我回头看了眼后面座位上的死羊，死羊还是那个样子。我转回头来，加大油门向前驶去。我不想搭理这头古怪的驴子。

我对着照片上晃来晃去的上师说："这年头，人都变得很古怪，没想到驴子也变成这样了。"

我看见上师似乎笑了。我想他也同意我的看法了。

我有点高兴。我从倒车镜里看被我甩在后面的那头倔强的驴子。那头驴子不见了。我的心里平静了一些。

过了一会儿，我忽然想，也许我刚才根本就没有看见什么驴子，那只不过是我的一个幻想罢了。我不再去想它了，管它呢，世界上奇奇怪怪的事儿太多了。我把目光投向窗外。透过车窗可以看到更远处，更远处茫茫一片，看不清是什么，也许是沙子。

太阳快落山时，我终于把货送到了该送到的地方。那是一个很大的院子。院子里有一条大狗。我摁了几下喇叭，大狗就叫了起来，随后几个小伙子出来卸货了。一个之前跟我说过几句话的小伙子对我说："你怎么了，看着有点怪怪的？"

我笑了一下，说："没什么，就是有点累了。"

他没再说什么。我问他要了一根烟，点着抽起来。

小伙子们一边卸货一边嘻嘻哈哈地说着什么。过了一会儿，一车的货物都堆在了旁边。

小伙子们开始把货物往旁边的那个库房里搬。

那个我问他要烟的小伙子笑嘻嘻地说："你的卓玛在打听你什么时候来呢。"

我笑了笑，说："是吗？那我得去看看她了。"

小伙子们就不怀好意地笑。我又问他要了一根烟，他还帮我点上了。

我开动了车，但是我没打算去卓玛家。我把车开出了刚才的院子。小伙子们以为我要去卓玛家，还在后面嘻嘻哈哈地笑呢。

卓玛是我的相好。自从我女儿跟我那徒弟跑了之后，我就跟她好上了。

我开车经过尘土飞扬的小镇的街道。街道上骑摩托车的牧民们呼啸而过，看着很危险。我把喇叭摁了无数次，终于驶出了小镇的街道。

我在屠宰场一卖肉的摊位前放慢了速度，停下来。

一屠夫正将一扇刚刚剥了皮的羊倒挂起来，忙乎着。这屠夫见我将车停下来就问："买肉吗？你看看，多好的肉，好肉啊！"

我看看那倒挂着的羊肉，又看看那张令人生畏的屠夫的脸。屠夫见我不说话，就把手里的刀夹在了嘴里，自顾自地忙乎起来。

我回头看看后座上的死羊。死羊躺在座位上，从嘴角流出了更多的血。我有点看不下去，又将头转回来。

我看着屠夫摊位上倒挂着的羊肉，问："整羊多少钱？"

屠夫以为我要买他的肉，就赶紧将夹在嘴里的刀取下来，脸上带着笑说："你要整只？可以便宜。"

我问："多少？"

屠夫说："我称称看。"

屠夫就拿起旁边的秤杆，将那扇羊肉挂起来称。

之后，又拿起一支油腻不堪的笔在一张同样油腻不堪的纸上画来画去。

画了一会儿之后，屠夫说："六百六十四。"

说完看我的脸。

我看着他手上油腻不堪的笔和纸，没说话。

屠夫看了看自己手上的东西，说："你如果不相信可以自己算算，给。"

说完将油腻不堪的笔和纸递给我。

我忍不住笑了，说："我不是这个意思，不是这个意思。"

屠夫把手里的笔和纸扔到一边，想了想说："那这样吧，你要买整羊，就便宜点，凑个整数，六百块。"

我看着屠夫说："买只这样大小的活羊多少钱？"

屠夫说："也就五百块吧，你以为我能赚很多呢，其实我也赚不了多少，我就靠这个养个家，糊个口，不容易。"

我继续笑着说："我回来时再买吧，我先去寺院办点事。"

屠夫有点不高兴的样子，说："我还以为你要买呢！"

说完又把刀夹在嘴里忙乎起来，不看我。

我有点不好意思，将车开走了。

很快就到寺院了。我特意开车沿着寺院的外围绕了一圈之后，把车停在了离寺院大门不远的地方。我看见一个乞丐跑过来了。

我下车，问乞丐："寺院里有僧人吗？"

乞丐笑了笑，什么也没说。

我看了看寺院的大门，又问："我问你呢，寺院里到底有没有僧人？"

乞丐收住笑，说："当然有，寺院里除了僧人还会有谁？"

我也笑了，说："也是，你个乞丐，说得还有点道理。"

乞丐说："那就给我施舍点钱吧，我去买点东西吃，我快饿死了。"

我看看他，他确实一副很饿的样子，就从兜里摸出五块钱给了他。

乞丐连声谢也没有，就拿着钱跑向了一边的小卖部。

我打开后门，把死羊抱了出来。我抱着死羊往寺院大门的方向走，血从死羊的嘴里一滴一滴地滴到地上。

乞丐从小卖部里出来了，手里拿着一些零食。

乞丐一边吃着零食，一边说："你没关车门。"

我回头看看，车门确实开着，就说："你帮我关上吧。"

乞丐过去把车门给关上了。

我抱着死羊继续往寺院大门方向走，乞丐跟着我跑过来，看见我抱着的死羊，好奇地问："这是什么？"

我说："这是一只死羊，它被我撞死了。"

乞丐看着我的脸，说："你怎么这么不小心啊？"

我没理他，抱着死羊继续往前走。走到寺院大门口，正要进入寺院大门时，一位老僧人迎面走了出来。

老僧人看着我抱着的死羊，问："这是什么？"

我说："这是一只死羊。"

老僧人念了一遍六字真言，然后说："你怎么把一只死羊抱到寺院里？"

我解释说："我是个卡车司机，今天我在路上撞死了这只羊。"

老僧人又念了一遍六字真言："嗡嘛呢叭咪吽。"

我说："这只羊不知怎么就钻到我的车轱辘底下了。"

老僧人用奇怪的眼神看着我，我猜不出那眼神里是什么意思。

乞丐也停下吃零食，好奇地看我。

我有点尴尬，说："我想请个寺院的僧人超度一下这只死羊。"

老僧人惊讶地看着我的脸，说："什么？超度一只死羊？"

我说："这只羊肯定也是造了什么孽，才落到这个下场的。"

之后，我又补充似的说："我没有丝毫推脱责任的意思，这只羊确实是我撞死的。我发现它时，它就已经死了。"

乞丐也惊讶地看着我的脸。

我抱着死羊准备踏入寺院的大门。

老僧人上前拦住了我，说："你不能把死羊带进寺院里！"

我看着老僧人的脸，问："那怎么办？"

老僧人说："你可以带回去。"

我说："我是真心想请个僧人超度它的。"

老僧人看我，脸上没有了惊讶的表情。

我看看死羊，说："你看看它的样子，多可怜啊！"

老僧人也看着我抱着的死羊，显出怜悯的神色。

我就说："师傅，您就让我进去吧。"

老僧人说："你真的不能把死羊带进寺院里。"

我说："那怎么办？您给我出个主意吧。"

老僧人想了想说："这样吧，你把它放到地上，我念经超度它吧。"

我也想了想说："好，那您赶紧念经超度一下它吧。"

老僧人让我把死羊放在寺院大门的左边，自己盘腿坐在了死羊的旁边。

老僧人从手腕上取下一串黑得发亮的念珠，在死羊尸体上转了转，然后闭目诵起了超度的经文。

我和乞丐在一边听。听了一会儿，乞丐看着闭目诵经的老僧人对我说："不是人死了才念这个经的吗？"

我不想理他，但我又忍不住瞪了他一眼。

老僧人在继续闭目诵经。我和乞丐一会儿看看死羊,一会儿又看看念超度经的老僧人。

老僧人终于念完了超度经。他睁开眼睛,念了一句六字真言之后,看着死羊说:"好了,它已经被超度了,它应该能找到自己的路了。"

我从怀里掏出五百块递给老僧人,说:"这里有五百块,您收下吧。"

老僧人推托说:"五百太多了。"

我说:"这是应该的,您超度了它,这是应该的。"

老僧人说:"真的多了,我拿一百就够了。"

我说:"我刚刚问过一个屠夫,他说现在一只活羊的价钱就是五百块。"

老僧人用异样的眼神看我。

我赶紧说:"我没别的意思,我就是想好好超度它,我不想欠这只羊什么。"

老僧人继续用异样的眼神看了我一会儿,取出一张一百的,把剩下的塞回了我手里。

我有点慌了,赶紧说:"您就收下吧,我真的没有别的意思。"

老僧人准备要走,我赶紧拉住他说:"要不就这样吧,这剩下的钱您就拿去为这只死羊在佛前点酥油灯吧。"

老僧人想了想,从我手里接过钱,装进僧袍底下的口袋里,说:"好,你可以回去了。"

我舒了一口气,说:"那这只死羊怎么办?"

老僧人说:"这个我不知道。"

我说:"您就给我出个主意吧。"

老僧人说:"那你带回去自己吃了吧,反正你已经超度它了。"

我赶紧说:"我不吃。我撞死了它,我不会再吃它的肉的。"

老僧人说:"那就拿到天葬台,喂秃鹫吧。"

我说:"这样可以吗?"

老僧人:"这有什么不可以,这样更有功德!我看这两天那些秃鹫也没吃到什么东西了。"

我说:"那好吧。"

这时,乞丐对我说:"你也别费什么劲了,这死羊就送给我吧,够我吃一个月了。这样你也有功德。"

我看看乞丐,又看看老僧人。

老僧人说:"这样也好,就给他吧。"

我想了想说:"我觉得还是喂秃鹫好。我不想给人吃。"

乞丐说:"你不就是要好好超度它吗?你给我和给秃鹫有什么区别?"

我说:"你是一个人吃,秃鹫是很多秃鹫吃,一样吗?"

老僧人也说:"说得也有道理,那就给秃鹫吃了吧。"

乞丐一脸生气的样子,看着我和老僧人。

我看着乞丐的脸说:"这样吧,我给你一百块,你自己买肉去吃。"

说着就从兜里掏出一百块给了乞丐。

乞丐很高兴，说："你真是个善良的人。"

老僧人也笑了。

我对乞丐说："你帮我抬这只死羊去天葬台吧。"

乞丐说："好，好好！"

我和乞丐各自抓住死羊的前腿和后腿走向天葬台的方向。

我们回头看时，老僧人早走了，不见了。

到天葬台了，我看见几只秃鹫蹲踞在对面的山包上，像是在等待着我们的到来。

我和乞丐将死羊扔到天葬台上，后退几步等着秃鹫们下来。没过多久秃鹫们就摇摇晃晃地下来了，围在了死羊的周围，开始吃。

乞丐说："这只羊真是好福气。"

我不说话，只是定定地看着。

乞丐说："将来我死了，我也要把自己的尸体施舍给秃鹫们。"

不知为何，这会儿我有点伤感。我没有理他。

死羊的尸体正在被秃鹫们撕烂，分解。秃鹫们在死羊的尸体上跳来跳去的，像是在享受着一顿盛宴。

我和乞丐站在一边，脸上若有所思，嘴里念起六字真言。

死羊很快就在我们的面前消失了。秃鹫们意犹未尽地回去了。

我和乞丐也回到了寺院门口。几个小喇嘛在围着我的卡车玩。看见我过来,他们就跑了。我上车发动车,然后和乞丐告别。乞丐站着不动,有点依依不舍的样子。

我开车到了那个卖肉的摊位上。那个屠夫还是把刀夹在嘴里忙乎着。

我把卡车停下来,对着屠夫说:"我要买刚才那扇羊肉。"

屠夫不太想理我的样子,说:"半扇已经被人买走了,只有半扇了。"

然后指了指那挂着的半扇羊肉。

我想了想,说:"那就买这半扇吧。"

屠夫还是有点不相信的样子,问:"你真要买?"

我说:"真买,我不是跟你说过我要买吗?"

屠夫一下子"嘿嘿"地笑了,再次看了看我的脸,说:"好啊。"

说着把那半扇羊肉取下来,拿过来说:"这肉放哪里?"

我指了指后座说:"就放那里吧。"

屠夫打开后面的车门,将羊肉放在座位上,问:"你这座位上怎么还有血啊?"

我看了看后座,不理他。

屠夫上前闻了闻,说:"这是羊的血,错不了。"

我还是没有理他。

屠夫放好之后走到驾驶室一侧的窗户边上说:"三百三十二。"

我看着屠夫说:"你前面不是说可以便宜点吗?"

屠夫说:"你要买整羊就便宜,现在羊都被分成两半了,没法再便宜了。"

我只好说:"好好,就依你吧。"

说着我掏出钱数钱,付钱。屠夫很高兴,说:"你下次来可以便宜一点。"

我开着我的大卡车在小镇的街道上缓慢地行驶。开了一阵之后就拐进了一条窄窄的巷道。

我在巷道尽头的一间店铺模样的房子前停了下来。

这时,天快黑了。周围的路灯亮起来了。

店铺的门关着。我熄灭引擎,跳下了车。

我把那半扇羊肉扛在肩上,走过去捏起拳头使劲地敲店铺的门。

店铺里面的灯亮了。店铺里面有我的女人,我的女人是个喜欢吃羊肉的女人。

我一边敲门一边想:"女人开门时看见我肩上的半扇羊肉一定会很高兴的。"

门还没开,我继续捏起拳头使劲地敲门。

我一边敲门一边又想:"要是买到那整只羊肉就好了,女人一定会更高兴的!"

我是一只种羊

  我是一只种羊。
  我的任务就是给母羊们配种。
  但我不是一般的种羊,我是这个草原上唯一一只坐过飞机的种羊。

我是一只种羊。

我的任务就是给母羊们配种。

但我不是一般的种羊，我是这个草原上唯一一只坐过飞机的种羊。

后来我跟其他的种羊讲我坐过飞机，它们压根就不相信。说实话，我对它们有点不屑一顾。我骨子里觉得我比其他种羊要天生地高级一点。所以，我也就懒得跟它们解释。但是后来它们也相信了。我觉得这是迟早的事。

我跟很多当地的牧民也讲我是坐飞机来到这个草原上的，他们也跟那些种羊一样，压根就不相信我说的话。他们斜眼瞪着我说："我们是人，我们这辈子都没福报坐一次飞机，你一只种羊就坐过飞机了？"

我对他们的看法还是比较重视的，因为他们是人。我觉得人是比我们高级一点的动物。因为这个原因，我就一本正经地跟他们说："我不是一般的种羊，我是种羊中的种羊，我是从新疆盆地千挑万选之后才被飞机运到你们青藏高原的。"

其中一个牧民不屑一顾地看着我，哈哈大笑着说："我们这里只有活佛一人坐过飞机，而且他也只坐过一次。活佛坐过飞机，那是因为活佛的福报大。你说你也坐过飞机，那你的意思是说你的福报和我们活佛一样了？"

很多时候我觉得人这种动物也很傻，他们往往不喜欢接受事实。我看着他们的样子不想说话，后来还是忍不住说了："我没说我的福报跟你们的活佛一样大，我只是说我坐过飞机而已，你们不相信就算了，我也不想再说什么了！"

我之所以忍不住说话，也因为他们是人。

另一个牧民靠近我，笑着说："飞机是那些有身份的人物才能坐的，比如说国家的主席啊，比如说我们省的省长啊，比如说我们县的县长啊，比如说我们这里的活佛啊，只有这些有头有脸的大人物才能坐的！你懂不懂？你一只种羊，你一个畜生，怎么可能有这样的福报！"

我确实不想再对他们说什么了。我觉得即便是人，有时候也跟我们种羊是没有什么区别的。

那个牧民对其他几个人说："你们记不记得，那次活佛坐飞机回来，我们这个草原上几乎所有的男子都骑着马去迎接了哪！那场面真够壮观啊，每个人都对活佛敬献了哈达，哈达四处飞舞，彩虹挂在天上，夹道迎接的马队足足有几公里长呢。"

其他人也眉飞色舞地说着当时的一些情景。

听着他们的话，我想起那次飞机降落到草原上时，也有一些人前来迎接我，也有一些人给我献上了洁白的哈达，就又忍不住说:"当飞机降落到草原上时,也有一些人给我献了哈达呢。"

他们惊讶地看着我,半晌才说:"是吗?那些人为什么给你献哈达!?"

看着他们的目光,我有点不好意思了,说:"就是因为我不是一只一般的种羊啊!"

牧民们在笑,他们压根就不相信我说的话,有人说:"都是些什么人去迎接你的呢?"

我想了想,说:"说实话,迎接我的人肯定没有你们说的迎接活佛的人那么多。但来迎接我的最少也有一百来号人吧,他们是乡上和村里的一些干部,两个兽医,还有很多牧民朋友。"

他们继续在笑,其中一个牧民说:"你就像个吹牛大王一样吹吧!"

我有点不好意思,顿了顿继续说:"我不是什么吹牛大王,我也真的不是在吹!我清楚地记得当时的情景。我刚下飞机时,还有点晕乎乎的感觉呢。那些干部和兽医们应该是第一次看到我这样的种羊,他们一边在我脖子上系上哈达,一边用好奇的目光看着我。还有那些牧民们,他们没有给我献哈达,他们只是好奇地看着我。我当时也不知道哈达是个什么东西,后来才知道那是你们用来表示崇高礼节的好东西。"

一个牧民一副怒气冲冲、忍无可忍的样子,说:"给你献哈达,给你一个畜生献哈达。你不要玷污了我们圣洁的哈达！"

我就没再说什么。这时，我还想起当时一个戴着眼镜的知识分子模样的家伙在我的额头上挂上了一朵大红花，说："我是这里的兽医，欢迎你来到我们美丽的青藏高原！"

另一个穿破大褂的家伙俯下身看了看我的下垂的睾丸，用手摸了摸，掂量了一下，说："这家伙肯定行，这家伙的东西像个秤砣一样地垂着，最少也有两斤重吧，还晃来晃去的呢！"

我记得当时所有在场的人都在看着我笑。

我很生气，就拿眼睛瞪他。

他看出我在生气，就说："我也是这里的兽医，你不要生气，我这是在夸你！就是因为你的东西大，所以才有福气坐飞机的，要不然为什么其他种羊不能坐呢。"

在场的人都笑了，我更加的不好意思了。我就干脆转过脸去不去看他们。

这些我都没跟牧民们讲。一整天，那个戴眼镜的兽医和穿破大褂的兽医的样子在我的脑海里晃来晃去的，他俩的样子很滑稽，怎么赶也赶不走。

其中一个牧民看见我若有所思的样子，就踢了我一脚，说："你还想什么呢，跟那些母羊配种才是你最正经的活儿！"

他这句话说到了点上。一下子让我清醒了。确实，就像我前面说过的，跟母羊们配种才是我最正经的活儿。那个穿破大褂的兽医说得对，把我像个大人物一样用飞机运到这片草原上,不是为了别的,就是为了让我跟这里的母羊们配种。我应该时刻牢记这一点。我不能因为坐过一次飞机就忘乎所以了。

我被装进一辆北京破吉普里面,颠簸了很长时间,才到了一个地方。

那是一个很开阔的地方,四周没有什么山,只是空旷一片,我实在没办法描述出来那是一个什么样的地方。

有人把我抱下车之后,我被外面强烈的阳光刺得睁不开眼睛。

等我慢慢睁开眼睛,渐渐适应那样的阳光时,我发现在我后面有几排砖木结构的房子,但看上去不太结实,摇摇欲坠的样子。我觉得这些房子和这片开阔的草原很不搭配。

那个戴眼镜的兽医抽着烟,吐着烟圈对穿破大褂的兽医说:"你看这家伙萎靡不振的样子,是不是有高原反应了?"

穿破大褂的兽医说:"应该是有高原反应了,当时我到这里也是头昏脑涨的,高原反应了好长时间了呢!"

戴眼镜的兽医笑着说:"自从你娶上村长家的女儿之后,我看你就没有任何反应了。"

那个穿破大褂的兽医也在笑,说:"可是娶上村长家的女儿之后我就回不去了。你看还不如这只畜生呢,坐着直升机到了这儿。"

戴眼镜的兽医说:"坐飞机?我看咱们这辈子也没有这个命了!"

穿破大褂的兽医叹了口气说:"算了算了,不说这些了。咱们什么时候让它跟母羊们配种啊?"

戴眼镜的兽医说:"是啊,乡长书记都很着急了,他们已经在各个村子里做好了动员工作,各个村子已经选出最好的母羊准备配种呢。"

穿破大褂的兽医哈哈笑着说:"是啊,是啊,各个村的村长书记们都好像在等着一个宗教仪式的开始一样!"

戴眼镜的兽医也笑笑说:"是啊是啊,但还是等几天吧,让它休息休息,万一这家伙因为水土不服出了什么事,责任在咱俩头上,咱俩可担当不起啊!"

穿破大褂的兽医说:"是是,就让他好好休息几天吧。"

戴眼镜的兽医扔掉嘴里的烟头,嬉皮笑脸地说:"好吧好吧,不过我觉得这家伙真是有福气啊,从那么多母羊里挑选出来的最好的母羊们在等着他呢。"

穿破大褂的兽医看着他嬉皮笑脸地说:"怎么,你羡慕它了。那下辈子你也投胎去新疆做个他这样的种羊吧。"

戴眼镜的兽医拉下脸很正经地说:"你这家伙说什么呢,这样的玩笑最好不要开!"

穿破大褂的兽医说:"这有什么,要是有机会投胎,我就想投胎做个他这样的种羊呢,除了有那么多母羊,还能坐飞机呢!"

戴眼镜的兽医瞪了他一眼,说:"那你赶快去投胎吧,我祈祷你投胎成功!"

我被这两个家伙的对话逗得笑喷了,笑了好一会儿才止住笑，对穿破大褂的兽医说："我还想下辈子投胎做人呢！你若想投胎做种羊咱俩就换吧，这样可能好投一点。"

听了我的话，那家伙火了，狠狠地踢了我一脚说："投你个头，你还想投胎做人？你就做梦去吧你，一个畜生投胎做人是需要积好几辈子的德的！"

我没再说什么，我再说他肯定还会踢我的。但是我心里觉得真的有点不公平，是他说要投胎做种羊的。我只是说我们可以换着投胎，结果他却发火！可能就是因为他是个人类吧。

戴眼镜的兽医看我不吱声了，就盯着我说："你看这家伙，刚刚眼神还迷迷糊糊的样子，这会儿就有点正常了，适应能力还挺强的。"

穿破大褂的兽医说："这一点这些畜生比咱们人可强多了。"

之后，两个人就看着我笑。

我看着他们的样子有点生气，就瞪了他俩一眼。

戴眼镜的兽医笑着对我说："你也不要瞪我了，以后咱们就是拴在一条绳子上的蚂蚱了，你的任务就是给母羊们配种，我们的任务就是好好地为你们服务，说到底都是为大家服务。"

穿破大褂的兽医听了有点来气，说："这么说咱俩还不如这只畜生了呢！"

戴眼镜的兽医说："都是干工作，干工作没有贵贱之分，这个家伙坐飞机到这儿给母羊们配种也是为了干工作嘛，呵呵。"

穿破大褂的兽医没再说什么，只是拿眼睛瞪着我。

半个月之后，我就完全适应了这儿的环境。

半个月之后，大规模的配种也就开始了。

我记得很清楚，那是个秋高气爽的清晨。太阳刚刚升起来，阳光照在草地上，金黄一片，空气中充满着一种干草的味道。我深深地吸了一口气，将那种干草的味道和阳光一起吸进身体里，然后情不自禁地想："这真是一个适合配种的好天气啊！"

我被那两个戴眼镜和穿破大褂的兽医带到了一排栅栏前面，栅栏被分割成了很多块，我看见里面有很多母羊。

看见我们过来，很多人就开始争吵起来。我发现半个月前去接我的、给我献过哈达的几个村长也在中间。

我问戴眼镜的和穿破大褂的兽医："他们这些人吵吵嚷嚷地在干什么？"

戴眼镜的兽医很诡异地笑着对我说："他们这是在争你呢。"

我很疑惑，问："争我？争我什么？"

穿破大褂的兽医皮笑肉不笑地说："他们在争你第一次的配种的机会！"

我还是没听懂，说："什么？"

戴眼镜的兽医就有点严肃地说："这里有好几个村的村长，每个村的村长都带了自己村最好的母羊要跟你配种，他们都想让你第一个跟他们村的母羊们配呢。"

我突然笑出了声，说："我的第一次早就献给我们新疆那边的母羊了，我早就没有第一次了。"

两个兽医愣了一下，半晌没反应过来，最后才说："什么？你到我们青藏高原，来跟我们的母羊们配种，不是第一次？"

我还是笑着说："当然不是，我已经跟无数的母羊配过种了，而且也正是因为跟我配种生出来的羊羔质量好才被选中，然后用飞机送到这儿来的。"

两个兽医有点恍然大悟的样子，看着我说："噢噢，原来是这样，难怪你是坐飞机来的呢。"

我也有点半开玩笑地说："不过我还是很期待跟这里的母羊们配种，那一定很刺激。"

他俩的表情很严肃。我发现他俩看我的眼神完全变了。我觉得他俩开始对我另眼相待了。

他俩把几个村长都喊过来，说："现在可以配种了，你们谁先来？"

几个村长笑着对两个兽医说："小伙子，不要搞错了，不是我们要配种，是我们的母羊要跟它配种！"

大伙儿哄笑起来。

有个嗓子有点嘶哑的村长很暧昧地说："再说，我们都是公的，公的跟公的怎么配啊！"

大伙儿的笑声更大了。

两个兽医显得有点不好意思，但又理直气壮地说："我俩当然知道不是跟你们配，我俩的意思也是说哪个村的母羊们先跟它配?"

大伙儿就不笑了,又"我先来,我先来"地喊起来。

戴眼镜的兽医对几个村长说:"我知道你们都想跟这只种羊第一个配,那这样吧,咱们就通过抓阄来决定你们配种的顺序吧。"

其中一个个子小点的村长对一个个子大点的村长说:"你看你看,他又说成咱们要跟这只新疆的种羊配种了。"

个子大点的村长对个子小点的村长说:"都什么时候了,还说这个,我看还是赶紧去抓阄吧,让自己的母羊们先配上种才是要紧的事情!"

穿破大褂的兽医已经做好抓阄用的纸条,揉起来放到一个碗里拿过来让村长们抓。

没抓阄之前一个村长对两个兽医说:"那天我不是跟你们一起去接它的吗?我还给它献了哈达呢!它没到这个草原之前我就听说它很厉害,没到这个草原之前我就对它充满了信心,那天见到之后就更有信心了。"

几个村长都盯着他看。

戴眼镜的兽医问:"你说这话是什么意思?"

那个村长看了看其他几个村长,有点不好意思地说:"我的意思就是能不能让我先配。"

其他几个村长"不行不行"地嚷嚷起来。

那个村长对我说:"你还记得我吧,那天我专门给你献了一天哈达呢,你就表个态,先给我配吧。"

我有点想笑,心里说:"我怎么给你配啊,我只能给你的母羊配！"

他似乎看出我心里在想什么，补充似的说："而且我的母羊们在这片草原上是以健壮美丽著称的。"

这时，其中的两三个村长嚷嚷起来，说："我们也给它献过哈达啊！我们的母羊们也不错啊！"

那个村长瞪了一眼刚刚嚷嚷着的那两三个村长，压低嗓门对我说："你不记得了吗？我献给你的是最长的那条哈达。"

他这样一说我就记起来了。确实有人给我献了一条很长的哈达。后来，那条哈达缠在我的前腿上，把我给狠狠地摔了一跤呢。

我当时还在心里骂了一句："哪个家伙这么缺德给我献这么长的哈达？"

现在这个家伙出现在我的面前就气不打一处来，瞪了他一眼说："这么多村长都在这儿等着呢，我看就通过抓阄来决定先后吧，这样也公平。"

戴眼镜的兽医就顺着我的话说："大家伙儿赶紧抓阄吧，时候也不早了。"

那个村长瞪了我一眼说："哼，我算是白给你献那条上好的长哈达了。"

我也没再理他。

村长们开始抓阄。没过十分钟，结果就出来了。

结果是那个刚才喊着要第一个配种的村长抓了第一。

他看着其他几个刚刚嚷嚷着的村长冷笑了一声，没说什么。

其他几个村长也只是瞪着他看,没说什么。

他走过来牵住拴在我脖子上的那根绳子说:"走吧,去给我配种吧,这下你没有什么可说的了吧。"

我没话可说,看了一眼站在旁边的两个兽医。

两个兽医也拍了一下我的背,说:"去吧,赶紧去配吧,时候不早了。"

这样我就被带进了一个被栅栏围成的羊圈里。

我一进去就傻眼了,放眼之处全是些很健壮、很美丽、处处洋溢着生命气息的母羊们。我之前没有见过这么健壮、这么美丽的母羊。

那些母羊们站成一排,远远地看着我。我感觉到了一种挑衅的意思,身上的血直往头上冲,一时间有点眼花缭乱了。

那段时间也是我的发情期。每到发情期,我就觉得我的身体里有一股血流在奔突,在横冲直撞,让我躁动不安。人们选择在这个时候把我用飞机运到这儿也是因为这个原因吧。其实,还有很多我的同类正坐着火车、坐着卡车从遥远的新疆赶往这里。我被选中在我的发情期和他们这里最好的母羊们交配,然后看配出来的结果怎么样。

我听到了人们兴奋的喊叫声,我不由地回头看,栅栏周围密密麻麻地站满了人。一时间,我的脑袋有点晕眩,我的眼睛有点模糊,看不清那些人的面孔。突然间,我听到有人喊:"赶紧啊,赶紧啊,你怎么回事啊,是不是到我们青藏高原上你就吓傻了，不行了？"

这话激怒了我，我一下子清醒过来，我直直向那些母羊们冲去。

我向那些母羊冲去时，我还听到了人们一阵阵的呐喊声。

这些呐喊声更加的刺激了我，我没有回头看那些呐喊着的人们的样子，我只顾着往前冲，冲。

那些母羊们看见我的样子，有点惊慌失措。除了几个还泰然自若地站在那儿，其他的都在羊圈里四处奔逃，躲避着我。

我直接冲向那几个显得泰然自若的母羊们。

看见我冲过来的样子，它们显然也慌了，准备转身往后面跑。

我看准一只体格健壮美丽的母羊，冲过去，将它逼进某个角落里，将两只前腿搭在了它的背上，然后就什么也不记得了。

等我稍稍清醒过来时，听到这群母羊的主人、那个村长兴奋地喊着："不错，不错，这新疆来的种羊果然很厉害，很厉害！"

我留意了一下其他人的反应，其他人显然也很兴奋。尤其是那两个兽医，他们很惊讶地看着我，想说什么又说不出来的样子。

我留意了一下那只刚刚和我交配过的母羊。它还在那个角落里，低低地看着我，目光中充满柔情，身上散发着一种女性特有的气息。

我再看其他的母羊时，它们的神情似乎也变了，尤其没有了刚刚那种挑衅的意思。这一点让我很舒服。我甚至感觉到它们看我的眼神中有一种期待。

这一天接下来的事情我就不想再细说了，就是一次又一次地交配，说出来也没什么意思。

有一件事我觉得值得说一说，说出来也许你们会觉得有点意思。到了下午，有好几个村长给我戴上了大红花，他们个个都竖起大拇指夸奖我。我的胸前、背上全是那种十分鲜艳的大红花。看着他们不时竖起来的大拇指，我心里有一种满足感，脑袋有一种晕乎乎的感觉。

还有两个兽医对我的态度也彻底地改变了。尤其是那个穿破大褂的兽医，他很激动地看着我说："你真是太厉害了，你真是太厉害了！"

戴眼镜的兽医好奇地看着他说："人家厉害，你瞎激动什么呀！"

穿破大褂的兽医的脸有点红了，说："没什么，没什么，我就是觉得这家伙很厉害。"

戴眼镜的兽医就笑了笑，没再说什么。那天下午，他们给我喂了最好的饲料，这一切我觉得很享受。

有一件事我觉得值得说一说。作为一只种羊，这件事让我终生难忘。

这件事的整个过程我是后来才慢慢回忆起来的。

下午吃饲料时，我突然记起跟母羊们交配的时候，栅栏外面总是有几只体格强壮高大的种羊在远远地盯着我看。它们是这里的藏系种羊。我见过它们。我当时有点纳闷它们为什么总是盯着我看。但当时的我只顾着和这些新鲜的母羊们交配,浑身上下全是兴奋劲儿,没顾上细想什么。

下午,当我吃完那顿上好的饲料,准备躺下来休息一会儿时,那几只种羊突然间围住了我。

它们的目光有点凶狠,盯着我看的样子有点可怕。这时那两个兽医也回自己的宿舍休息去了。说实话,看着它们的那个样子,我心里有点害怕。但我还是装作一点也不怕的样子,盯着它们问:"你们想干什么?"

它们只是用凶狠的目光盯着我看,不说话。

我有点更加地心虚了,还是盯着它们,说:"我刚刚看见你们了,你们就在栅栏外面。"

它们还是不说话。

我眨了一下眼睛说:"你们刚才在栅栏外面干什么?"

其中一个家伙终于忍不住开口了,说:"你说我们在那里干什么?"

我说:"我不知道。"

那个家伙又说话了,声音里面有点怨恨的意思:"之前那些都是我们的母羊,现在都被你这个丑陋的家伙给糟蹋了!以后我们的后代们就不纯了,就成杂种了!"

我也有点生气,脱口说:"又不是我自己要主动跑到这里来的,是你们的人用直升机把我从老远的地方运到这儿来的。你们要是觉得不痛快,就找你们的主人们吧,这跟我没有丝毫的关系！"

其中一个身材高大的种羊说："还说什么废话，给我上！"

话还没说完，其他几只种羊就冲上来，用弯曲而坚硬的犄角狠狠地不断地抵我。有好几下我觉得他们的锋利的犄角已经扎进了我的身体里，我的身体里有一种刺痛感。我摔倒在地上，爬不起来。

我忍住疼痛说："这就是你们青藏高原的种羊们的本事啊，这么多种羊欺负我一个新疆来的种羊！"

那个身材高大的种羊喊了一声，其他种羊就马上停止攻击我了。

那个高大的种羊看着其他种羊说："它的意思是我们在欺负它，我们就单挑吧，一对一。"

然后看着我说："怎么样？"

我忍住痛说："好！"

其中一个种羊自告奋勇地站出来说："我先上！"

它拿凶狠的眼睛瞪着我，退到了羊圈的一边。

我也退到了羊圈的另一边，瞪着它看。它的身体不是很结实，但看上去很强壮。

我们盯着彼此，几乎在同时冲向了对方。

我们的额头、犄角撞在了一起，发出一声沉闷的响声。就在我们相撞的那一刻，我意识到它不是我的对手。它趔趄着倒退了好几步，而我却站在原地没有动弹。

另一只种羊推开它，退到后面冲了上来。

我稍微后退一步就向它撞去。它也不是我的对手，它几乎不如前一个。它干脆趔趄着倒在了地上。它的样子很好笑。要是在其他地方，我早就忍不住笑了。但是在这儿我忍住了。我不想激怒它们。

后面几个也败在了我的手下。它们都气喘吁吁的，看上去很不服的样子。

最后，那只身材高大的种羊上前一步说："还废什么话，决斗吧！"

它的样子很凶狠，他盯着我的目光更加的凶狠。他的犄角呈弯曲状，向后伸展着，看上去很坚硬。它的鼻子微微地颤动着，"咝咝"地呼着气。它的嘴角明显地耷拉下来，流下几滴浑浊的口水。

它稍微往后退了退，就向我扑来了。我也后退一步，迎了上去。我们的头猛烈地撞在了一起，发出了"嘭"的一声巨响。我使劲地抵着它的头，它也使劲地抵着我的头，丝毫没有互相让步的意思。它的同伴们在为它呐喊助威。

突然间，它后退一步，又冲了上来。我几乎来不及后退积聚力量，就迎了上去。我俩的头猛烈地相撞，互相较着劲，还是不分胜负。

呐喊声越来越大。有种羊大声地喊："它快不行了，赶紧让它完蛋！"

那只高大的种羊就慢慢地退到了羊圈的一边。我也退到了羊圈的另一边。

它向我扑过来时，我感觉它的身上带着一阵风。我也使出了浑身的力气，向它扑去。

就在我们的头相撞的那一刻，我听到了一声清晰的颅骨碎裂的声音，我随后倒在了一边。那只高大的种羊站在那里，岿然不动。

周围的种羊们兴奋地喊叫着，有种羊大声地喊："快，快，赶紧解决了它！"

那只高大的种羊后退几步，准备再次向我进攻时，两个兽医赶到了。他俩挥舞着一根木棍使劲打它。

那只种羊急了，有点歇斯底里的样子，也不顾木棍打在自己身上，一个劲地往我和两个兽医身上冲。

说实话，当时我真的有点惊慌失措了，我觉得我真的差点就死去了。之前，为了争一个母羊，我也跟其他种羊打过架，但从来没有遇到过一个这么疯狂、这么不要命的家伙。

后来又来了几个牧民，才彻底把它们给拉走了。

我受了重伤，躺倒在地上不能起来。

两个兽医很紧张，对着我说："你千万不能出什么事啊，你要是出了什么事，我们俩的铁饭碗就完蛋了，我们俩的这辈子也就完蛋了。"

我忍住疼痛，一边喘气一边安慰他们俩："放心吧，我不会有事的，你们也不会有事的。"

戴眼镜的兽医看着我头上的伤痕，对穿破大褂的兽医说："这些家伙真狠啊，要不是咱俩及时赶到，恐怕就把这家伙给活活弄死了！这是为什么呀，它们都是种羊，它们之间有什么深仇大恨啊！"

穿破大褂的兽医看了我一眼,又看着戴眼镜的兽医说:"亏你是个男人,这个也不懂!就是因为嫉妒,就是因为这个家伙霸占了它们的母羊,伤了它们的自尊心!"

戴眼镜的兽医看看穿破大褂的兽医,又看看我。

穿破大褂的兽医继续对戴眼镜的兽医说:"你也是个男人,你也想想看,要是你的老婆被别人霸占了,你会不会发怒?"

戴眼镜的兽医这才说:"你这是什么话?"

穿破大褂的兽医只是看着他笑,没有说话。

这时,我忍住痛,脸上努力挤出一丝笑,说:"我想就是因为这个原因,我可以理解。"

穿破大褂的家伙说:"你看看,人家虽然吃了亏,但是人家能理解这是怎么回事。从这点讲,可能咱们人还不如这些畜生呢!"

戴眼镜的兽医这才笑了,对穿破大褂的兽医说:"我理解了,我理解了,我听过很多这样的故事。

然后又看着我说:"这样说你伤成这样也真是有点活该啊,你看看你今天在那些母羊中间威风凛凛、不可一世的样子,也太有点嚣张了。"

我忍不住笑了。一笑浑身就痛起来,嘴里开始"哇哇"乱叫。嘴里还流出了血。

穿破大褂的家伙看着我的样子赶紧说:"你可千万不能死啊,你要是死了,我俩就真的完蛋了。"

他俩就仔细地为我包扎伤口,为我做治疗。

第二天，我感觉好了很多。两个兽医把我带到外面晒太阳。太阳暖洋洋的，照得我身上有点痒痒。

几个村长听说我的情况后，也赶过来看我。他们看着我的样子说："你怎么样啊，还能不能跟我们的母羊们配？"

听到他们的话我就来气，原来他们跑来看我，不是来看我伤得重不重，而是来看我有没有力气跟他们的母羊们配种。

我没有理他们。

他们又问两个兽医："看它伤得挺重的，还能不能跟我们的母羊们配啊？"

两个兽医说："我们已经仔细检查过了，它伤得不算太重，过几天就好了，过几天就可以跟你们的母羊们配了。"

几个村长用将信将疑的目光看着我。

我看见一辆卡车缓缓地开过来，司机停下来跟村长和兽医们说话。

这时，我注意到卡车车厢里装着几只羊。再仔细看时，车厢里面装着的是昨天跟我过不去的那几只种羊。

我有点好奇，问戴眼镜的兽医："这是怎么回事啊？他们为什么被装到了车里？"

戴眼镜的兽医想都没想就说："噢，它们啊？它们因为昨天伤害了你违反了这儿的纪律，乡上经过讨论决定要惩罚它们，准备把它们运到县上的屠宰场卖了。再说现在留着它们也没什么用了嘛——"

我的脑子里"轰"的一声巨响，像是有什么东西在里面爆炸了,接着就什么也听不到了。

等我清醒过来时,那辆卡车已经开远了。但我似乎能看得清那几只种羊,能看得清它们的面孔,甚至能看得清它们的眼神。我觉得它们在用怨恨的眼神看着我,眼神里甚至充满了一种仇恨。

这一刻我的眼睛湿润了,我觉得是我把它们送向了可怕的屠宰场。如果我不到这个地方,它们就不会因为我替代了它们而被送到屠宰场面临被屠宰的命运。

我扬起后腿踢了一圈我周围的人,一边踢一边喊:"你们这些可恶的人类,你们为什么要把它们送往屠宰场!需要的时候你们利用它们,不需要的时候你们又抛弃它们,这就是你们人类吗?"

我周围的人都被我吓住了。

他们定定地看着我,似乎在想着我说的话。

几天之后,我的伤完全好了。

几天之后,我又开始跟其他村的母羊们配种了。

所以,之后几天的事情我就不想再说了,都让我有点烦了。

配种在十五天之后就结束了。

十五天之后,人们又为我戴上了几朵大红花,当然也有人给我献了哈达。说实话,现在这些东西已经对我没有太多吸引力了。虽然在别人看来这些都是至高荣誉的象征。那时候,我最大的愿望就是好好地吃上一顿好饲料,然后美美地睡上两天两夜。

因为我的出色表现，两个兽医也特别照顾我。他们每顿都给我吃最好的饲料。还说现在你的任务基本上都完成了，你自己想休息几天就可以休息几天了。

我虽然身子很累，但心里还是很高兴。说实话，要是在新疆，我是不会有这般的待遇的，我是到了青藏高原之后才有了这般待遇的。

这时候，其他的种羊也都陆陆续续地到了。有了它们，我的任务就少了，压力也小了。对于那些一般的母羊，两个兽医都是让新来的种羊去配，从不让我去。看着人们为我戴上大红花，献上长哈达，我那些同类就很妒恨我。再加上我是坐直升机来的，它们是坐火车卡车来的，心里就更加的不平衡了。很多家伙都对我爱理不理的样子。虽然我一般不会把这些放在心上，但是时间长了，心里也有一些难受，毕竟是自己的同类嘛。

休息了一个星期之后，我算是缓过来了。

那天太阳很好，我就出去晒太阳。晒着晒着，刮起了一阵风。那风有点冷，我不由地打了个寒噤。我正想着这会儿哪来这么寒冷的风时，两个兽医从远处走过来了。

他们远远地向我挥手，跟我打招呼说："喂，伙计，你休息得也差不多了吧？"

我伸了个懒腰，说："差不多了，今天出来想舒展一下身子呢。"

戴眼镜的兽医说："正好正好，今天我们有任务，我们要到下面的村子走一趟。"

我问："什么任务？"

戴眼镜的兽医说："去了你就知道了。"

我又问："咱们要去哪个村？"

穿破大褂的兽医抢着说："别问那么多了，你去了就知道了。"

我们开着三轮摩托车往那个不知名的村庄行走时，我发现这一带路上的风景出乎意外地美。两个兽医在聊天，我只顾欣赏一路的风景。我这是第一次坐三轮摩托车，我坐在里面有一种很奇妙的感觉。我觉这种感觉比上次坐直升机时的感觉还奇妙。但是我没跟两个兽医讲，我怕他们笑话我。还有一点虚荣心在里面，因为我坐过一次飞机，才得到了很多人的刮目相看，但是三轮摩托车这里几乎所有的人都坐过，所以我不能把自己真实的感觉说出来。

太阳挂在头顶时，我们到了那个村庄。

两个兽医直接带我去了一户人家。那户人家的羊圈就在他家门口。两个兽医指着羊圈里的十几只母羊说："你今天的任务就是要把这些母羊给配了。"

我看着那些母羊有点兴奋，那些母羊确实很不错。我发现那些母羊也在好奇地看着我。我觉得它们是知道我的。

戴眼镜的兽医打开羊圈门，把我推进羊圈里，放开，然后说："去吧，好好发挥吧！"

我正要往前冲时，迎头挨了一记闷棍。我有点晕乎乎的感觉，虽然没有倒下，但还是晃了好几下。

这时我才看到一个老牧民举着一根粗壮的棍子，准备再次打我。

我准备躲开时，两个兽医冲上来了。他俩从两边抓住老牧民的胳膊，嘴里骂道："你是吃了豹子胆了吗？组织上派来的种羊你也敢打！"

老牧民怒气冲冲地说："有什么不敢打的，再这样连你们也要一起打！"

穿破大褂的兽医说："亏你还是个村长呢！你就不怕被带走蹲监牢吗？"

我这才知道他是这里的村长。

老村长顿了顿说："不怕，不怕！我什么都不怕！"

然后又指着我说："我就是不让这家伙配，我不想让这种丑八怪把我们高贵的血统给毁了！"

两个兽医看着老村长显得有点目瞪口呆。

我用头碰了一下他们俩，问："这是怎么回事啊？这也太危险了，我差点连命都没有了！"

戴眼镜的兽医说："这家伙是我们这个草原上最顽固、最保守的家伙，别说是我们，就是乡上的书记乡长来给他做工作他也听不进去。"

我还是不太明白，就问："这到底是怎么回事啊？"

穿破大褂的兽医叹了一口气，说："说白了就是他不想让他们村的母羊们跟你们这些新来的种羊配种，他说他压根就看不上你们这类种羊。"

我也生气了，说："走，那还等什么呢？我也听见他刚才骂我了，骂得还那么难听！我也不是闲得没事才来这儿的。好歹我也是坐飞机到这儿的。你问问这个老家伙，他坐过飞机没有，我看他这副德行，就是再轮回几次也不见得能坐上个飞机！"

话一出口我就意识到自己说得太刻薄了，但说出去的话就像射出去的箭，已经收不回来了，就干脆将头颅高高抬起，装出一副高傲的样子，斜眼看老牧民和两个兽医。

两个兽医说："你可千万不能这样啊，咱们来这儿是上级的指示啊，要是完不成任务咱们都不好办啊！"

两个兽医的话还没说完，旁边就传来一声粗壮的声音："你们这些狗东西还滚不滚，要是还不滚，我就放开我手里的狗了！"

我回头看时，一个体格强壮的年轻人手里牵着一只牛犊大小的藏獒在瞪着我们看。那只藏獒朝我们叫了几声，声音很恐怖。

我平时很怕狗，尤其是藏獒，就不由地躲到两个兽医后面了。

那个年轻人对旁边的老村长说："阿爸，您先进去吧，他们要是还不走，我就放狗去咬他们！"

老村长赶紧说："你可千万不能做这样的事啊，在咱们草原上来到门口的就是客人啊。"

小伙子说："我不欢迎这样的客人！"

看着情况不对，我对两个兽医说："咱们还是赶紧走吧。"

两个兽医也没再说什么，把我扔进车厢了，发动三轮摩托车。

老村长说:"你们还是进去喝个茶再走吧,这么大老远跑来也不容易。"

摩托车老是发不着火,我都急得不知该怎么办。

老村长扔下手里的棍子,看了我一眼说:"刚才有点冲动,不该打这只种羊,我知道来这儿不是它的主意。"

我的头还是很痛,我很生气,我没有理他。

三轮摩托车终于发着了,戴眼镜的兽医对老村长说:"怎么,这下你又害怕了吧?"

老村长没有说话。

三轮摩托车发出刺耳的声音,离开了老村长家。

回去的路上,我完全没有了那种赏心悦目的感觉,我只记得回去的时候路上的阳光很刺眼。

一路上,三轮摩托车也颠颠簸簸的,我心想:"比起三轮摩托车,还是坐飞机舒服啊!"我也不知道这个时候我心里怎么冒出了这样的想法。

草原上大面积的配种活动就这样结束了。我的身体像是经历了一次洗劫,空荡荡的,有一种像是被淘空了的感觉。

哈达、大红花挂满了专门为我做的那个小羊圈的墙上,这些曾经成为我的荣耀的象征的东西,我现在甚至连看一眼都懒得去看。乡政府表彰了两个兽医,给他们每人发了奖状,还在他俩的胸前戴上了大红花。他俩像是得到了什么宝贝似的,展开自己手里的奖状,一边向上面的领导点头哈腰,一边看奖状上面的字兴奋不已。我看见奖状上面写着一模一样的字,除了名字:"×××同志在今年新品种羊的配种工作中表现出色,成绩突出,特此表彰,以资鼓励!"后面还有政府部门的名称和红公章。看着两个兽医的高兴劲,好像给这里的母羊们配种的是他们,而不是我。我虽然对政府部门的这种做法和他们俩的这种表现有点生气,但这个时候我确实没有力气去理他们了,我觉得很累很累。

冬天过去之后就到了春天。这里的冬天很冷,这是我早就听说了的,没想到这里的春天也一样冷,冷得就跟刚刚结束的冬天似的。

在这个冷得跟冬天几乎没什么两样的春天里,母羊们开始大面积地产羔了。

结果很惨,母羊们产下的羊羔有一半没有活下来,死了。

草原上到处都是小羊羔的尸体。有些羊羔产下来就死了。那些母羊们看看自己产下的羊羔,眼神中没有一点怜爱之情,好像那些羊羔不是它们产下来的。我觉得它们有时候还有些厌恶自己产下的羊羔,看一眼就匆匆地离开,也不回头看一眼。

看着草地上成片的羊羔的尸体,我心里倒是有一种很疼痛的感觉,毕竟那些都是自己的骨肉啊。

一时间我好像成了造成这一切的罪魁祸首。人们对我的态度完全变了。没有人再为我献哈达了,也没有人再为我戴大红花了。我的饲料也明显地不如以前了。

乡上的领导们来了好几次,他们把两个兽医叫到跟前大声地问到底是怎么回事，两个兽医也吓得不知所措，说我们也不知道是怎么回事。

领导们就更加的生气，把两个兽医办公室里挂在墙上的奖状撕了下来，扔到地上，用脚踩个不停。

两个兽医不敢看那些领导的脸，只是低着头不停地喘气。

我看着他俩觉得很可怜，就对几个领导说："领导同志，这个不是他俩的错，这可能是我的问题。"

几个领导回头瞪我，气得说不出话来。

最后，一个情绪稍微镇静一点的领导对其他领导说："你们说说这可怎么办啊，上面把我们这里定为全县的试点进行推广，现在成这个样子了，我们怎么向上面交代啊！"

说着说着，这位显得镇静一点的领导的情绪也激动起来了。

我不知该说什么，心里想："原来他们上面也有人在管着他们啊。"

过了两天，来了一辆北京吉普车把两个兽医给拉走了。临走前，他俩往我前面扔了一麻袋饲料，也没说什么。

他们走后，那个死活不让我跟他的母羊们配种的老村长来看我了。

我以为他看到我时肯定是一副幸灾乐祸的样子，但是他不是。他一脸严肃，很长时间看着我不说话。我以为他在心里笑话我，就把头扭过去了。

过了一会儿，我听到他说："要是这些人当时听我的话，不瞎搞就好了。这么多羊羔死掉，其实不能怪你，一个新品种适应一个新环境是需要一定时间的，是需要一个过程的。"

这是我到这儿之后听到的最中肯的一句话。

之后是一阵沉默。再之后，我就听到老村长离去的脚步声。他的脚步声听起来有点沉重，让人心生一种莫名的担忧。

这一刻，我从心里对他产生了一种信任感。我回头从后面喊："喂，老村长，我问你，既然我不适应这儿，那他们为什么用飞机把我运到这儿跟这儿的母羊们配种？"

老村长停住脚步，顿了顿，像是在想什么，然后慢慢转回头，看着我说："你真的不知道你是为什么到这儿来的？"

我摇摇头，一脸茫然地说："不知道。"

老村长说："可怜的家伙！"

我还是一脸茫然地说："我真的不知道。"

老村长叹了一口气说："就是因为你身上的羊毛比我们这儿藏系羊的羊毛好一点，值钱一点。"

听到他的话，我有点目瞪口呆，我万万没想到他们把我用飞机运到这儿，就是为了这么个原因，真的没想到。

老村长笑着说："要不是为了这么个原因，你会被运到这儿来吗？你看你长相没有我们的藏系种羊英俊，又不精神，看起来无精打采的，而且胃口还那么大！"

我没说什么。老村长说得很对。论长相我确实没有这儿的藏系种羊那么英俊，那么有精神，而且我的胃口也确实很大，到这儿之后老是觉得吃不饱肚子，为此，两个兽医也曾奚落过我。

看着我若有所思的样子,老村长没再说什么。

他走了。走了几步,还停下来摇了摇头。

之后,我脑子里昏昏沉沉的,好像是睡着了,又好像是没有睡着,就这样一直睡到了黄昏。一阵喇叭声把我从这种状态中惊醒了。

我抬头看时,那辆北京吉普在前面不远处停下了。两个兽医从里面跳下来,又回头跟北京吉普里面的什么人打着招呼。

北京吉普开走之后,他俩就朝我的羊圈的方向走来了。

我远远地感觉到他俩的情绪比早晨要好很多。他俩的脸上虽然没有露出微笑,但也没有早晨那种悲伤的表情。

待他俩走近时,我远远地问:"你俩回来了?"

他俩异口同声地说:"回来了,回来了。"

他俩的声音里充满了一种掩饰不住的喜悦。

我忍不住问:"到底怎么回事啊?"

他俩也忍不住似的说:"上面说了,不是咱们的问题,咱们没事了。"

我更加的莫名其妙,又问了一句:"到底是怎么回事啊?"

他俩这才说:"上面的专家说了,是咱们配种的时间不对,让羊羔产在了初春。要是算好时间,就不会有这样的事了。"

我自己也舒了一口气。

一方面因为他俩找到了这样一个理由，另一方面也因为他俩对我的态度的转变。

那些没有死的羊羔后来基本上都活下来了。

它们的长相看起来有点奇怪，既不像我们新疆那边的羊羔，又不像青藏高原这边的羊羔。很多牧民编各种笑话来取笑它们的长相。

第二年到了我的发情期，我又开始躁动不安起来。我渴望着和这里的母羊们尽情地交配。但是恰恰在这个时候，两个兽医却用一块帆布把我的下体给紧紧地围起来了。

我在那些母羊们中间横冲直撞，但是没有用，我只能将精液撒在底下的帆布上面。两个兽医看着我的样子在偷偷地笑。我觉得以前跟我配过的那些母羊们也在笑我。我也觉得我的样子一定很好笑。我觉得我受到了莫大的侮辱。

我身上的血一个劲地往头上涌。我觉得我的眼睛里充满了血，我觉得我的头快要爆了。我使出身上所有的劲冲向两个兽医。两个兽医看见我的样子慌了，嘴里说："这家伙疯了，疯了！"他俩拔腿往回跑，但很快就被我撞了个仰面朝天。他俩见逃不开，就跪在地上向我求饶："求求你，求求你，不要这样，我们这样做也是没办法，有人不让你在这个时候配种，所以只能出此下策了。这个办法也是那些人想出来的，我们怎么可能想出这么不靠谱的办法呢。只有那些人才能想出这不靠谱的办法。我们是兽医，我们知道无论是人还是畜生，都要遵循自然规律，要是违反自然规律，那就真的连畜生都不如了！"

他俩的样子很可怜，他俩说的也有点道理，我没有理由继续再跟他俩过不去。但他俩最后说的"那就真的连畜生都不如了"这句话让我感到不快，我知道这是人类从骨子里瞧不起我们这些动物的一种表现。但是有什么办法呢，人类被天生地定义为某种很高级的动物啊。

　　又过了两个月，才开始了大规模的配种。因为已经过了发情期，我的血液里早就没有了那种躁动不安的激情，我只是应付着，就像是完成一件差事。

　　后来，羊羔的成活率上升了很多，乡上的领导们很高兴，两个兽医也很高兴。

　　他俩把之前撕烂的奖状拼起来，用胶水粘上，装在相框里，又挂在了墙上。

　　上面的领导也来我们这里视察工作了。他们表扬了乡上的领导，村里的干部，还有两个兽医。乡上的领导们也一个劲地拍马屁说这一切是因为上面给了他们正确的指示。上面的领导们看上去也很高兴。

　　上面的领导还给我戴了大红花。

　　那个给我戴大红花的领导一边给我戴花，一边问我："取得这么好的成绩你感到高兴吗？你感到骄傲吗？"

　　我不知道该说什么，看着他没有说话。

　　戴眼镜的兽医跑到我旁边说："它当然高兴啊，这两天我看它高兴得经常睡不着觉呢！"

　　我真想踢他一腿。我不知道这两天他什么时候看见我高兴得睡不着觉了。这两天我睡得很好。也许是因为我太累了。

领导也不在乎我有什么样的反应,回头和其他人说着话。

这次,那个上次拒绝配种的老村长算是倒了大霉。他因为没有执行上面的指示,被撤掉了村长的职务。他的职务被他们村的另一个年轻人取代了。那个年轻人很快就执行了上面的指示。没过几天,他就组织人把他们村里的母羊们拉到这里,和新疆来的其他的种羊们配了种。我没有参与这次配种,我说我身体不舒服。那段时间我的身体确实也不太舒服,但我确实也不想参与这次的配种,不知道为什么。我的那些同伴们很兴奋,配完之后还兴奋不已地议论了好几天。

需要交代的一件事是,那个老村长坚决不让他们家的母羊们和我的那些同伴们配种。因为那时候牲畜已经包产到户了,所以乡上的领导也拿他没办法,只能由他去了。听说我没有参与这次的配种,老村长后来还专门来看了我一次。他没说什么话,只是盯着我看了一会儿就走了。

接下来的两年几乎和前面没什么两样。配种依然进行着,羊羔的成活率也稳定了。两年后,那些羊羔们也长大了。那些改良羊也开始产羊毛了。跟我们新疆种羊配种后产的羊毛确实也比之前纯种藏系羊的羊毛产量大,颜色也白一点、纯一点。那年头羊毛价格很好,牧民们的收入很不错。

县上的广播、省上的报纸,甚至电视里也在宣传报道这件事。很多地方把我们这里作为一个成功的范例开始在其他草原上推广,似乎要把青藏高原上的羊的品种完全改变成另一种，看上去很是红红火火的样子。听说又从新疆运来了更多的种羊。但据我所知这次都是用火车或卡车运来的，没有一只种羊是用直升机运来的。从这点看，我是这里所有种羊中最幸运的一个。但是现在我也不觉得这有什么值得骄傲的。

后来，我听说乡上和村里的很多干部都去劝老村长了。但是老村长依然我行我素，没有改变自己的初衷。这点让我很佩服他。后来，两个兽医甚至想让我去劝老村长，但是我没有去。两个兽医很失望，说你变了，不像以前了。我不知道自己有没有变。也许我是真的变了。

又过了两三年，情况变得不一样了。我们的后代改良羊们身上的羊毛不再那么值钱了。也因为改良们的食量比原先的藏系羊们大，所以也影响到了整个牲畜的生存问题。

上面的一些领导开始反思说人为地改变畜种的做法可能是错的。但他们也只说可能是错的，没有说完全是错的。

一些牧民也开始抱怨说除了改良羊们产的羊毛不值钱，吃的也多，不好饲养。有些甚至说吃我们的后代改良羊的肉时有一种特别的味道，不好吃。这让我们种羊们很生气，集体通过绝食来抗议这种言论。但我们绝食，那些人似乎更高兴，说这样正好节约了很多的草料。我们内部开始分化了，有些种羊说这样做完全没有什么意义，跑到草场吃草去了。所以，绝食活动没再坚持下去，这时候，我对我的同类们也产生了一些失望。

这时候，藏系羊身上的羊毛反而开始值钱了，说可以远销到国外了。很多牧民跑去别的草原买来纯正的藏系种羊，跟这边的改良母羊们配种，想把种给配回去。我的那些同伴们自然很失落。我倒是没什么失落感，只是觉得这世上的事儿谁也说不清道不明。

这时候，老村长成了我们这里的焦点人物。县上的广播、省上的报纸、电视都报道了他。在电视里，我只看到了他的画面，一个陌生的声音一直在说他的事情。后来有一次，我终于听到了他自己的声音。那次他被请到省上参加了一个表彰大会。我看见电视里有个记者在问他："老村长，那些年您为什么坚持不让自己的母羊们跟那些新疆来的种羊们配种？"

老村长瞪着他说："我早就不是什么村长了，你就别叫我村长了。"

记者犹豫了一下说："那您作为一个有远见的老人，您还是说两句吧。"

老村长看了看镜头又看着记者不自然地说："我没有什么远见，我真的没有什么远见。"

记者有点急了，说："那您就随便说两句吧，随便说吧。"

老人说："在电视里说话，大家都能看到的吧？"

记者高兴地说："能看到，能看到，您赶紧说吧。"

老村长说："那就更不能说了，怎么能在大家都能看到的地方说配种这种不雅的事情呢，要是被我们村里的人看到我就没脸回去了。"

记者瞪老村长。这时候电视里出现了其他画面。

老村长回来之后，村里请求老村长重新担任村长，但是被拒绝了。他们就选老村长的儿子当了村长。

村里或附近的村里也有一些牧民带着自己的改良母羊到老村长家里请求用他的纯正藏系种羊给他们的母羊配种，但被拒绝了，说这样配出来更加四不像了。人们就说这个老头子很怪，不正常。老村长也不管人们说什么，我行我素着。

后来，我的同类们被分批卖掉了。它们被分批卖到了县上的屠宰场里。

剩下的我的同类们的情绪很低落，看上去就在等死。

我有几次去跟两个兽医说："我们种羊们的肉不好吃，硬，没人吃，不要把我们卖了。"

两个兽医说："不把你卖了就不错了。肉好吃不好吃不用你操心，总会有人吃的。再说，那些城里人你就是把狗肉当羊肉卖给他们，他们也区分不出来，还能区分出这个？"

我哑口无言了，只能在心里悲伤。我心里想："这就是人和牲畜的区别啊，牲畜总是要被人主宰的。"

秋后的一个早晨，两个兽医带着一个人进了我的羊圈。我看见那人我就知道了他是个屠夫。从他的身上散发出一股很重的血腥味。我一下就闻出那是我的同类们的血的味道。我知道要发生什么了。

两个兽医只是看着我，不说话。他们有话却又说不出口的样子。

我心里没有丝毫的惧怕，看看他俩问："你们要把我卖到屠宰场吗?"

戴眼镜的兽医犹豫了一阵之后说:"上面指示把我们这里所有从新疆运来的种羊给卖掉。"

我笑了一声,调侃道:"包括我这只用飞机运来的种羊吗?"

穿破大褂的兽医对我的调侃似乎没有什么反应,只是说:"我们知道你跟别的种羊不一样,我们也知道你当时的贡献很大,但是现在一切都变了,我们也没办法。"

我一直纳闷他为什么一直就穿着这么件破大褂,就问:"你为什么一直穿着这么件破大褂不换呢?"

他有点意外,似乎也没听懂我的话,问:"什么?"

我说:"我问你你为什么一直穿着这件破大褂不换?"

他好像这才听明白了,说:"噢,没什么,就是穿习惯了。"

我半开玩笑半认真地说:"如果可以就用卖掉我的钱给你买件新大褂吧,这件也太破了,太旧了。"

他似乎有点感动,说:"谢谢你,谢谢你。不过这钱我们还得交上去,跟我们没有关系。"

之后,我就被那个屠夫拉到了外面。

我没做任何的反抗,我只是跟着他走。屠夫看了我一眼,他似乎有点奇怪,说:"你为什么连一点反抗的意思都没有?"

我没有说什么。

外面的拖拉机里已经有几只我的同类了。它们看上去很悲伤的样子。我跟它们打招呼,它们似乎也懒得理我。

我被屠夫扔到了它们中间。还没等我站稳,拖拉机就开走了。我回头看了一眼,没有看见两个兽医。

拖拉机行驶了一段时间之后,好像被什么人喊住了。之后,外面是屠夫跟什么人说话的声音。

过了一会儿,屠夫爬到车厢里,抱起我准备往外扔。

我有点急了,问屠夫:"你要干什么?"

屠夫说:"不干什么,有人把你买下了,现在给我滚下去!"

我被屠夫扔到了外面。

拖拉机开走之后,我看见老村长站在那里。

我有点纳闷,看着老村长。

老村长过来,在我脖子上系上一根红线,然后又念了很长一段经文。

我莫名其妙地看着老村长。

老村长说:"今天开始你被放生了,这个草原上谁也不会拿你怎么样了。"我还是用不解的眼神看着他。

老村长指了指远处白皑皑的雪山,说:"去吧。"

寻访阿卡图巴

老头子上吊自尽的头一天晚上，领着阿卡图巴到了一个谁也找不到的地方，让他从头到尾背了一遍《格萨尔王传·地狱救妃篇》。当老头子看到阿卡图巴能够一字不差地背下来时，放心地抓紧阿卡图巴的手，然后用手摸了摸那本珍贵的书说，为了使它不至于在人间失传，明天你就烧了它，砸掉庙里的那尊格萨尔王塑像。

1

在那座海拔三千多米的年保山的山脚下,我遇见了一位老者。这是我前往纳隆村寻访阿卡图巴的路上遇见的第一个人。这儿是一个三岔路口,一条路蜿蜒地伸向年保山,另外两条路各自伸向南北。从位于三岔路口的那座房屋看,这位老者好像是定居在这儿的;但从房屋里简单的摆设看,他又好像是暂时居住在这儿的。当我向老者打问去纳隆村的路线时,他微笑着对我说:

"翻过这座山,再过一条河,就是纳隆村。"

随后我向老者讨了一碗水喝,并且和他天南地北地聊了起来。老者是个见多识广,且十分健谈的人。看着我喝完水,解了渴,准备上路的样子,有些不好意思而又十分认真地说:

"小伙子,能给我讲个故事吗?我是个喜欢听各种故事的老头子。"

我十分惊奇地望了望他那孩童般露出些许稚气的脸,觉得十分可笑。心想这老头子是不是有什么毛病，是不是在他身上出现了返老还童的现象，这把年纪了还想听什么故事，便敷衍似的说了声"我不会讲故事"，站了起来。

这时，老者脸上显出失望之色，孩童般的稚气全然不见了，一副空落落的样子。

当我告别老者准备上路时，突然发现老者有一个奇大无比的额头，在花白的头发下兀自向前挺立着。

本想问问老者的名字，但他已晃晃悠悠地走远了，便只好作罢。之后，我抬头望了望巍峨的年保山，在心里鼓足了劲，踏上了蜿蜒曲折的盘山路。

2

我是某民间文学研究机构下设的民间文学杂志社的一名编辑。杂志创刊十年来，经常收到遥远的纳隆村的阿卡图巴寄来的民间文学稿件。阿卡图巴可称得上是一位真正的民间文学家。他搜集和整理的稿件既有世界第一英雄史诗之称的《格萨尔王传》说唱段落，又有形式多样、内容各异、文辞优美的酒歌、折嘎、情歌、儿歌、故事、婚礼颂词等，可谓是一座丰富的民间文学宝藏。尤其是由他挖掘整理的《格萨尔王传·地狱救妃篇》公开出版后，受到了藏学界和广大群众的热烈欢迎。

今年十月份，我刊准备举办一次创刊十周年的纪念活动。为了使这次纪念活动具有某种特殊的意义，准备邀请一批经常为本刊赐稿的作者作为这次纪念活动的特邀嘉宾，届时为纪念活动讲几句话，增光添彩。自然，阿卡图巴也是邀请的嘉宾之一，并且已在九月底发出了请柬。但从我们在两年前收到的一份简历上看，经常为本刊赐稿的阿卡图巴现在年事已高，恐怕不能亲自参加这次纪念活动。

那份简历写得过于简单，只有阿卡图巴的出生年月和现在的住址。他寄来的稿件署名都为"阿卡图巴"。"阿卡"在安多常用语中有两层意思：一是对寺院喇嘛的尊称，一是对年岁较高的长辈的尊称。一般喇嘛都习惯在僧名前加上"阿卡"自称。他这把年龄，再加上他对藏文文法修辞掌握的熟练程度，推测他可能是一位寺院的喇嘛；但他寄来的稿件中又时不时地出现一些拉伊之类的情歌，因而又觉得他不太可能是一位寺院的喇嘛，而是一名普通的百姓。杂志社上下对阿卡图巴的身份至今没有一个明确的认识。基于上述种种原因，主编派我前往纳隆村寻访阿卡图巴，掌握第一手材料，到时候根据材料写篇报道文章，登在杂志的显要位置好好介绍一下这位默默无闻的民间文学家。

因此，我现在便走在了前往纳隆村寻访阿卡图巴的路上。

3

夕阳落山之时，翻过年保山，来到了洋曲河边。洋曲乃藏语，意为"温顺的河流"。我不知道为什么称这条河为洋曲，这是我在河边遇见的那个牧羊老汉告诉我的。我问他时，他说他也不知道为什么这么叫，只知道从他小时候起人们便这么叫了。洋曲河是一条季节河，随着季节的更替，河流量也不断变化。隆冬已过，暖春将临，宽宽的河床中缓缓流动着的河面上的坚冰已开始消融，不断发出冰层断裂的"咔嚓、咔嚓"的脆响。这时候称其为河实在是言过其实了。这时候的洋曲河充其量也不过是一条可以随意跨过的溪流里了。

牧羊老汉名叫达杰，也是纳隆村人。他在这儿放牧着几十只绵羊。他说年保山脚下的牧草鲜美，再加上有洋曲河滋润着，极利于发展畜牧业。纳隆村是一个以农业为主的山村，实行生产责任承包制以后，由于家里劳动力过剩，就买了十几只绵羊到这儿发展，已发展到了现在这个规模。说着说着他那布满皱纹的脸上露出了掩饰不住的喜悦之色。他还说他的羊儿吃了年保山脚下的牧草，喝了洋曲河的河水就一个劲儿"噌噌"直长膘，过年过节时自己都舍不得宰一只吃。说话时，他不停地望着我，看我脸上露出了羡慕的表情，说得更欢了。说他和他儿子轮流放羊，每十五天换一次，今天刚好满十五天，他儿子该来了。说话间还望了望河那边那条灰蒙蒙的土路，说他儿子已娶了媳妇，这会儿可能正依依不舍地跟媳妇告别呢，说他也有些想念老婆子了，等他儿子来了就和我一块儿回村子里。

于是我和他就伸长脖子望啊望，但一直到夜幕降临，河那边的土路上始终没有出现什么人影。他便有些垂头丧气地停止了张望，回头愤愤然地说：

"儿子肯定是被那个狐狸精似的媳妇用花言巧语迷惑住而忘了老爸了！这已经不是第一次了！娶了个媳妇就连老爸都不顾，这像什么话！现在的年轻人心眼里就是缺根骨头！"

说了那么多，好像感觉到在我面前有些失态了，就忽然住了口，瞪了我一眼，说：

"我在你面前说这么多干啥？我看你也去不成了，还有几里路呢。这样吧，今晚你就住我这儿，明早一块儿去。"

看看暮色渐渐降临，自己又不熟悉去纳隆村的路，只好点头同意。

我俩就赶着那几十只绵羊去了他的住所。他的住所建在一处四面遮风的小山沟里，离洋曲河边有一段路程。

他点上那盏遍身油腻的煤油灯，借着昏暗的灯光烧了一壶茶，拿出些牛肉干，将糌粑盒子推到我前面，说：

"今晚咱俩就将就着吃一顿吧，我也懒得做晚饭了。"

我们边吃边聊。我觉得那很久没有品尝到的牛肉干和酥油糌粑十分可口。他给我斟满了茶，突然问道：

"你去纳隆村干什么？"

我没有对他讲真话，随口说：

"去会一位老同学。"

他没再追问。要是他继续问下去，我还真不知该给我这位并不存在的老同学起个什么名字呢。

裹着皮袄躺下后，我想起了我此行的目的。看他还没有睡着，就试探性地问道：

"你们村里是不是有个叫阿卡图巴的人?"

"那个老家伙!你打听他干什么?"他钻在皮袄里一动不动。

我穷追不舍,继续问道:

"你能说说他吗?"

他一声不响地躺了一会儿,忽地坐起身,点上一支烟,缓缓地说:

"他有什么好说的,一个不守清规戒律的还俗的老阿卡!"

我的心里不由一惊,暗自想:阿卡图巴果然在寺院当过阿卡,这一点我们推测得没错;可他又是一位还俗的阿卡,这一点我们又万万没想到。

我没说什么,在昏暗的灯光下静静地等待他继续讲述。

他悄无声息地抽着那支烟,不时用食指轻轻地弹一下烟头上的灰,烟头上一闪一闪地亮着一圈红光。

然后,他扔掉烟头,吹灭灯,重新钻到皮袄里,说了声"闲着也是闲着,就给你讲一讲他吧",便讲述了关于阿卡图巴的事。

阿卡图巴在寺院当过阿卡,所以大家都叫他阿卡图巴,他自己也这么称呼自己。阿卡图巴去寺院当阿卡,并不是自愿的。那一年,德钦寺的仁钦嘉央活佛到村里讲经说法,临走时希望村里选送几个少年去德钦寺当阿卡。当时,好多人家都送自家的儿子去了德钦寺。阿卡图巴家共有五个儿子,阿卡图巴最小。他的父母听说眼下寺院里的阿卡都有很好的待遇,便把当时不知道去寺院当阿卡是怎么回事的阿卡图巴送到了德钦寺。开始,阿卡图巴还能遵守寺院的清规戒律,安心学习。但随着年龄的增长,他便有些坐不住了,经常瞒着经师往村子里跑。有一次,他把一个牧羊女在山地里野唱的拉伊(情歌)写在一张纸上带回寺院夹在晨诵的经书中间偷看,被他的经师发现后,把他轰出了寺院。他像是解脱了似的欢笑着回去了。回去之后,脱下袈裟,更加无拘无束,整天和一些不三不四的男男女女混在一起,大家在明里暗里骂他"扎洛"(不守清规戒律还俗的阿卡)他都不在乎,依然我行我素。在传说中,我们纳隆村是岭国雄狮大王格萨尔的领地,村里就有一个格萨尔王庙。这个庙由一个古怪的单身老头子看护,而且老头子会说很多部《格萨尔王传》。不知怎的,老头子竟然收阿卡图巴为徒弟了。这也许是阿卡图巴在寺院当过阿卡、识几个字的缘故吧。阿卡图巴跟着老头子居然也学会了说唱几部《格萨尔王传》。最后,老头子又很信任地把格萨尔王庙唯一的珍宝——手抄孤本《格萨尔王传·地狱救妃篇》传给了阿卡图巴。可正是此举却使格萨尔王庙在后来的日子里蒙受了巨大的灾难。文化大革命开始后,一切跟宗教有关的都成了斗争和打倒的对象。守护格萨尔王庙的古怪老头由于受不了种种非人的折磨,上吊自尽了。阿卡图巴眼看着阶级斗争的烈火就要烧到自己身上,便冲进格萨尔王庙砸毁了格萨王神像,并当众把那本珍贵的手抄孤本《格萨尔王传·地狱救妃篇》给烧毁了。为此,他很快得到了革委会的信任和赏识,并且成了红卫兵的一个小头目。稍后,他为了洗清在德钦寺当阿卡的那段耻辱的历史(他自己那样认为的),特意和一个过去因唱拉伊(情歌)出名而那时候因唱语录歌曲而名声大震的女红卫兵结了婚,以示自己革命到底的决心。在那段年月里,他是我们纳隆村背语录背得最多的一个。他背起语录来,简直可以说是一字不差,连从县上派来的革委会主任都惊叹不已,自愧不如。文化大革命结束后,异常积极活跃的阿卡图巴突然变得沉默寡言了,也不和什么人交往,整天一个人呆呆地想着什么。有时候,村里人让他说唱《格萨尔王传》,他只是摇头晃脑,吞吞吐吐地说不出一句完整的话来。村里人便说这是因为他砸了格萨尔王神像,烧了珍贵的手抄本的报应。他心里知道自己对不起村里人,所以整天躲避,变成了现在这种古怪的、叫人捉摸不透的样子。

牧羊老汉达杰讲述了以上关于阿卡图巴的事,突然问了一句:"喂,我讲了这么多,你在听吗?"我赶紧回答说:"我怎能不听哪。"他便"噢"了一声,一下子睡着了,并"呼呼"地打起了呼噜。

而我却怎么也睡不着了,觉得自己虽未见过阿卡图巴,但牧羊老汉讲述的阿卡图巴的形象和自己在心底里拼凑起来的阿卡图巴的形象有些对不上号。心想,要是真如牧羊老汉所说,阿卡图巴的命运也就有些悲惨的味道了。

4

  天刚蒙蒙亮，牧羊老汉达杰的儿子便来替换他了。他的儿子是一个二十出头的健壮小伙子，一副诚实的样子。老汉问他昨天为何没来，他只是不安地看着老汉，吞吞吐吐地说不出个所以然来。老汉没完没了地埋怨了半天，又啰里啰嗦地交代了一大堆之后，就和我走上了通往纳隆村的路。

  清晨太阳没升起来那阵子这儿很冷。一阵阵阴冷的北风时不时地刮过来，冻得我直想跑回去钻进那温暖舒适的皮袄里美美地睡大觉。走在我前头的牧羊老汉达杰似乎一点也没感到冷，低头"嗡嗡"地念着嘛呢直往前奔。一路上除了"嗡嗡"的嘛呢声之外，没听到他说什么话，似乎我们之间所有该说的话都在昨天晚上说完了。

  当太阳从年保山背后颤巍巍地跳出来的同时，我俩到了纳隆村。牧羊老汉达杰突然停住了脚步，停止了"嗡嗡"声，抬头望着年保山顶上红彤彤的太阳，兴奋地说：

  "阿哈！今天的太阳真好啊！"

  一见到升起来的太阳，我就觉得身上一下子暖和起来。做操似的活动着手臂和大腿，心里暗暗骂道："老头子！我还以为你闭斋不说话了呢！"

  "多杰！喂，多杰！"我听到有人在喊我的名字，觉得很奇怪，心想这个地方有谁会认识我呢？

  当我寻声望去时，看见一个小伙子朝我这边跑了过来。

我看着他的身影,觉得有点熟悉,但又认不出是谁。

那个小伙子用力捏住我的手,一个劲地说:

"多杰!真是你吗?我真不敢相信能在这儿会见着你。"

我莫名其妙地望着他的脸,拿掉他的手,十分认真地说:

"你搞错了吧?我不认识你!"

他反而更加有力地捏紧我的手,大声说:

"我怎么会搞错,我的老同学!咱俩没见面都已经八年了。"

见我还是一脸迷惑的样子,他用手指了指自己的额头,然后又指了指我的脸颊,说:

"这下总该记起来了吧?我的老同学!"

我看见他的额头上有一个半寸长的很明显的伤疤,同时想到刚才他所指的我的脸颊上也有一个半寸长的伤疤。这下我突然记起来了,脱口而出喊了起来:

"扎西顿珠!"

随后目瞪口呆地望着他的脸,下意识地握住了他的手。是呵,老同学,八年了,他竟变了一个样。岁月可真是一个随心所欲的雕塑家呀,八年时光就把一个人雕塑成了另外一个人!

看着他握着我的手,十分亲近的样子,我想人生是多么的奇妙啊,两个曾经不共戴天的仇人,现在却又鬼使神差地站到了一起。

他微笑地望着我,拍了拍我的肩膀,说:

"多杰，你还是和以前一样，一点都没变。"

这时候，一直在旁边莫名其妙地望着我俩的牧羊老汉达杰转向我，不好意思地说：

"你叫多杰啊？你看我这个糟老头子，从昨天下午到今天早上，我都忘了问你的名字了。多杰，好，好，和我那个怕老婆的儿子同名。"

听了他的话，我有些气愤，不知道他是在故意挖苦我，还是在无意中这么说的。

他又转向扎西顿珠，有些不好意思地说：

"昨晚我问他到我们村子干什么，他说他去会一个老同学，你看我这个糟老头子，都忘了问问他的这个同学是谁，谁会想到你扎顿（扎西顿珠的缩称）在城里有一个吃皇粮的老同学。"

随后，他说他已经到家了，就勾着头，嘴里发出"嗡嗡"的声响，晃悠悠地直往前面一处烟囱里冒着青烟的人家奔去了。

扎西顿珠用一种奇怪的目光瞪了一眼牧羊老汉远去的背影，自言自语似的说了声"这老头子"，就邀我去他家。

在去他家的路上，有好长一段时间，我俩谁也没有开口说话。走到半路，他对着我笑了一声，说：

"多杰，那时候我俩可真傻呀，竟为了一个女人闹到了那步田地。"

我也对着他笑了一声，说：

"是呀，那时候我们总以为只有自己才是血性的男儿，什么事儿都得由着性子来。"

他停止了笑,一本正经地说:

"是啊,那时候的我们也太有点狂妄自大了,但现在回头想一想,也只有那段时光才让人觉得无比留恋。毕业后,我老是想起你,想给你写信,但一想到毕业时咱们之间发生的那件事,我又提不起给你写信的勇气了。"

我依然保持着脸上的微笑,揶揄地说:

"你敢给我写信才怪哪!你给我脸上的那一砖头,差点使我在体检时失去了上大学的机会;后来在大学里,又差一点使我失去了女朋友,她硬说我过去可能参加过什么流氓团伙,要和我断绝关系!"

扎西顿珠也不由地笑了起来,往我胸口重重地捶了一拳,说:

"你给我额头上的那一砖头也不轻呀,害得我到现在还老是头痛!尤其是你说的那句'不把你打成残废誓不为人'的话,使我在后来相当一段时间里老是做噩梦,梦见你打断了我的腿,抢走了那个女人。"

就这样,两个男人轻松地尽释前嫌,一路上愉快地谈起了往事。

快到他家时,我突然停住脚步,问:

"她还好吗?我这样去你们家恐怕不太合适吧?"

他看着我"哈哈"地笑了起来,大声说:

"她?你是说曾经使咱们各自挨了一砖头的那个女人?怎么,你是真没听说,还是假装不知道?"

看着我一脸疑虑的样子,他继续说:

"毕业后,我和她都没考上大学,这你是知道的。后来,县地毯厂招工,她就去了那儿。再后来,她在那儿找了一个男人,听说结婚了。这样说吧,我从你手里抢走了她,别人又从我手里把她给抢走了。算了,不说这些了,当时咱俩大可不必为了那么一个女人各自挨一砖头。"

到了他家门口,他停住脚步,像是突然想起了什么似的问:

"你跑这么远到我们村,该不是专程来看望我的吧。"

经他这么一问,我又想起了此行的目的,就直截了当地说:

"我是来采访阿卡图巴的,并想在群众当中了解了解他的情况。真是不好意思,要不是在这儿碰到你。我还不知道在这个村里有我的一个同学兼仇人呢!"

他爽朗地笑了起来,一边请我进门,一边说:

"怎么说我也得感谢你呀!要不是你这次有公事到这儿,咱们也许会成为一辈子的仇人呢!你要了解阿卡图巴可算是找对地方了,我阿爸就是当年和他一块儿出家的阿卡。对他的情况可是再了解不过了。走,先进去喝了早茶再谈别的。"

一进门,我就看见一个白发老者盘腿坐在院中台阶上,抱着一卷厚厚的经书在高声诵读。见我们进来,便停止了诵经。等扎西顿珠把我介绍给他时,立即做出欢迎的样子问候我。老者面色红润,精神矍铄,声音洪亮。向屋里喊了一声"给客人倒茶",屋里便走出了一个年轻窈窕的少妇。扎西顿珠介绍说这是他的老婆。少妇倒了茶，对着我微微笑了笑，又进屋去了。这时，扎西顿珠对他阿爸说：

"多杰这次是来采访阿卡图巴的，不知他在不在家里？多杰听说您小时候和阿卡图巴一起在德钦寺当过阿卡，就想先从您这儿了解了解阿卡图巴的情况。"

听了儿子的话，老人好像一下子来了精神。他兴致勃勃地说：

"老图巴呀，他还能上哪儿？待会儿我就带你去他那儿，他的事呀，我知道的还真不少呢。来来，先喝早茶，等会儿我再慢慢讲给你听。"

喝了早茶，我拿出那台专门采访用的微型录音机，做好了准备。老人看到我要为他录音，立即严肃起来，说这次看来要动真格的了，先让我想一想。等老人做好了准备，我便按下了录音键，开始了采访。

我：听说您和阿卡图巴在德钦寺一起当过阿卡，您能谈谈他吗？

老者：可以可以，我和阿卡图巴不仅在德钦寺一起当过阿卡，而且还是莫逆之交呢。他的事啊，我是最清楚不过了。

扎西顿珠：多杰，我阿爸的话你可不能全信哪，他讲的一切好像都是他亲身经历过似的，喜欢夸大其词。

老者：住嘴，你懂什么？关于阿卡图巴，在我们纳隆村，除了他本人以外，还有谁比我更了解他。

我（笑声）：老人家，我相信您说的话，您就讲吧。

老者：阿卡图巴出生在一个家境不错的人家，他的父亲名叫元丹嘉措，母亲名叫切羊卓玛，都是虔诚信佛的人。他的父母共有五个儿子，他是最小的一个，也是父母最喜欢的一个。在传说中，我们纳隆村是岭国雄狮大王格萨尔的领地，村子中央就有一座规模不大也不小的格萨尔王庙。阿卡图巴在很小的时候就喜欢往格萨尔王庙里跑。渐渐地，看庙的老头子从阿卡图巴的嘴里断断续续地听到了《格萨尔王传》中的一些章节。面对这个只有几岁的孩子，看庙老头子很惊奇，认定这个孩子将来肯定是个不凡的人物。经过一段时间的仔细观察，看庙老头子拿出格萨尔王庙里唯一的珍宝——在民间失传多年的手抄孤本《格萨尔王传·地狱救妃篇》给了当时很小的阿卡图巴。阿卡图巴拿着那本书，喜欢得什么似的，不忍松手。当时阿卡图巴还不识字，看庙老头子就一段一段地念给他听。这样念了十几遍，阿卡图巴就完全记住了，他反过来闭着眼背给看庙老头子听。看庙老头子乐得合不拢嘴，偷偷给庙里的格萨尔王神像磕头致谢。看庙老头子是个古怪的单身汉，以前从不喜欢孩子。从那以后，就像是领着自己的亲生儿子似的领着阿卡图巴在村子里转悠，让他在人群中说唱《格萨尔王传·地狱救妃篇》。当阿卡图巴唱到格萨尔王只身闯入十八层地狱阎王府去救已经死去的妃子阿达拉姆，宣扬生死无常、戒恶扬善之道时，惹得那些以为死后肯定要进入天堂或坠入地狱的老人们流出了许多伤感的泪。面对阿卡图巴的这些超常表现，他的父母自然很高兴，也就更加的喜欢他了。几年后，德钦寺的仁钦嘉央活佛为纳隆村讲经说法时提议纳隆村选送几个孩子去德钦寺当阿卡。村子里几个孩子较多的人家都送一个去了德钦寺。阿卡图巴的父亲也有这个心愿，打算送一个儿子去德钦寺，但不想送年龄最小的阿卡图巴去。可阿卡图巴的四个哥哥都不愿去寺院当阿卡，都想娶个媳妇在家里安心过日子。最后，阿卡图巴的父母万般无奈地问他俩最疼爱的阿卡图巴，没想到他竟十分痛快地答应了。他俩原本希望留住阿卡图巴，但看到他毫不犹豫的样子，想到他小时候的那些超常表现，觉得这孩子跟佛有缘，就依依不舍地送他去德钦寺当了阿卡。我也是在那一年被父母送往德钦寺当阿卡的。由于阿卡图巴聪明过人，不到一年时间，他就学会了不少东西。在寺院里，阿卡图巴和以前一样喜欢说唱《格萨尔王传》，并且很受阿卡们的欢迎。但他的经师对他说唱《格萨尔王传》很反对，认为一个已经皈依佛门的人不应该迷恋这些民间的东西，而应该刻苦学习前辈大师们留下的浩如烟海的典籍。两年后，也就是在阿卡图巴十六岁那年，他回家看望他的父母和那个看庙的古怪老头子，返回的路上无意中听到一个牧羊女孩在唱拉伊（情歌），觉得一段歌词很美，就偷偷写在一页纸片上，带回寺院放到枕头下面。后来，他的经师无意间看到了那页纸片，很是生气，很是失望，说你凡念不灭，佛心未觉，将来恐怕难以修成正果。听了经师的话，阿卡图巴感到很惊慌，同时也觉得很委屈，极力辩解说自己已经将一切毫无保留地献给了佛，丝毫没有那样的凡念，只是觉得那段歌词很美、才随意记下来的。听了阿卡图巴的辩解，他的经师默不作声，其实在心底里他也相信阿卡图巴对佛是一心一意的，不会产生那样的凡心。同时，他很欣赏阿卡图巴的非凡才华，从心底里喜欢他。就在他的经师左右为难、拿不定主意之时，这件事传到了仁钦嘉央活佛的耳朵里，因而事情也就闹大了。活佛思量再三之后说还是让阿卡图巴回去吧，免得以后外人对我们德钦寺说三道四。其实，活佛也很欣赏阿卡图巴的才华，后来还时常为阿卡图巴惋惜呢。阿卡图巴回到家里，父母虽然觉得不光彩，但还是很高兴，比以前更加的疼爱他，经常说，儿子呀，我们就给你说一个上好人家的姑娘，从此安安静静过日子吧。阿卡图巴听了死活不肯，说他现在虽身不在寺院，但心早已皈依佛门，希望有一天能够得到活佛的谅解而重返寺院。这时候，那个看管格萨尔王庙的古怪老头子已经很老了，阿卡图巴就经常到他那儿，帮他挑水做饭，跟他聊天，为他解闷。老头子也和以前一样视他为亲生儿子。有时还带他去村里唱上一段《格萨尔王传》。一年以后，发生了那场大运动。在那场运动中，寺院被打倒了。寺院的活佛被打倒了，寺院的阿卡们被打倒了，阿卡图巴和那个看庙的古怪老头子也成了斗争的对象。没过多久，看庙的古怪老头子由于受不了种种非人的折磨，在一天深夜上吊自尽了。老头子死后的第二天，阿卡图巴却做出了一件使人出乎意料的事。那天中午艳阳高照之时，他带领一伙红卫兵冲进格萨尔王庙砸毁了格萨尔王神像，当众烧掉了那本珍贵的手抄孤本，并把格萨尔王庙改建成了村里的粮食储备库。由于此举，红卫兵们把阿卡图巴当成破除封建迷信的典型人物经常在公开场合表扬。

  但村里人因此对他恨之入骨，他的父母也对他失望之极，几乎和他断绝了关系。后来，他还娶了妻子，并生了一个女儿。由于这些事，村里无论老小都不把他当人看，在他背后吐唾沫咒骂他。无论村里人怎样待他，阿卡图巴从不计较，整天一个人沉默寡言地想着什么。有时候，村里人在暗地里让他说唱《格萨尔王传》，他也只是摇头晃脑，说自己什么也不记得，一句也说不出来。村里人就私下议论说这就是因果报应，说他砸毁了神像，烧掉了圣书，冒犯了神灵，失去了说唱能力。也就更加的冷落他，瞧不起他。直到那场运动结束之后，人们才知道了事情的真相，并且深深地理解了阿卡图巴。原来，看庙的古怪老头子为了不至于使那本珍贵的《格萨尔王传·地狱救妃篇》在人间失传，才想出了砸毁格萨尔王塑像烧掉那本书而保住阿卡图巴的法子。老头子上吊自尽的头一天晚上，领着阿卡图巴到了一个谁也找不到的地方，让他从头到尾背了一遍《格萨尔王传·地狱救妃篇》。当老头子看到阿卡图巴能够一字不差地背下来时，放心地抓紧阿卡图巴的手，然后用手摸了摸那本珍贵的书说，为了使它不至于在人间失传，明天你就烧了它，砸掉庙里的那尊格萨尔王塑像，这样你就会博得红卫兵的信任。我想了几天几夜，想来想去也只有这么一个办法了，因为只要保住了你，就等于保住了这本书。一定要记住，无论别人怎么看你，怎么说你，都要想尽办法活下去，这是我唯一的愿望，你可不能让我失望啊！阿卡图巴虽然完全答应了下来，但到了第二天,他还是显得犹豫不决,不知道该不该那样做。老头子的死,使他下定了决心,完全按照老头子的话去做了。知道了真相后,村里人在为看庙老头子和阿卡图巴当时的想法和做法感到震惊的同时,也就更加的怀念已经死去的看庙老头子、更加的尊敬还活着的阿卡图巴了。阿卡图巴的脸上也开始露出了开心的笑容,开始为人们说唱《格萨尔王传》。后来,阿卡图巴凭着记忆写出了《格萨尔王传·地狱救妃篇》,献给了国家。出版社出版了这本书,并给了他一笔钱。虽然阿卡图巴是为了保住那本书才砸毁了格萨尔王神像,但他心里一直为此事感到不安。他从艺术之乡热贡请了一位有名的艺人,重塑了格萨尔王神像。他又用出版社给他的那笔钱修复了格萨尔王庙,并且由他亲自看管。人们都说经过阿卡图巴修复的格萨尔王庙比以前更加神圣庄严了。

老人讲到这儿停住了,一时间静静的没有一丝声响。我听了这段和牧羊老汉达杰所讲的很有些出入的讲述,一时陷入了深深的沉思之中。心中油然而生起一种对阿卡图巴的无比的尊敬感,内心完全被他的高尚人格所征服。

5

吃过午饭之后,扎西顿珠的父亲带我去拜访阿卡图巴。

当老人指着不远处的一户人家说那就是阿卡图巴家时,我的心头莫名其妙地升起了一股激动之情,不由地加快了脚步。

快到阿卡图巴家时,我的脑子里突然产生了一个疑问:为什么称这个老人为阿卡图巴呢?阿卡是指出家的僧人,这一点已经很清楚了,而图巴在藏语中是额头的意思,不可能是僧人的法名,很奇怪,就问扎西顿珠的父亲:

"为什么给阿卡图巴起了这么一个古怪的名字呢?"

扎西顿珠的父亲怔了一怔,停住脚步,高声笑着说:"噢,我忘了告诉你了,阿卡图巴的本名叫才项仁增,因他从小时候起就有一个奇大无比的额头,人们就给他起了一个外号叫'图巴',他进了寺院以后,人们又称他阿卡图巴了。"

听了这话,我才若有所思地点了点头,心想这阿卡图巴怎么就有这么多说头呢。

到了门前,我取出那条特意为阿卡图巴准备的洁白的哈达,想在见面时敬献给他。

扎西顿珠的父亲扣住门环敲了几下,门便开了。开门的是一个三十岁左右的女子。扎西顿珠的父亲介绍说这是阿卡图巴的女儿,同时把我介绍给了她。

阿卡图巴的女儿迎我们进去之后,扎西顿珠的父亲望了望四周,疑惑地问:

"青措,你阿爸呢?"

青措看了一眼我,又看了一眼扎西顿珠的父亲,揶揄道:

"阿卡南夸,您真是贵人多忘事啊!我阿爸不是每年秋天都要去年保山下住一段日子吗?"

扎西顿珠的父亲如梦初醒似的拍了一下脑袋，连连叹息着说：

"哎呀，哎呀，我怎么就忘了呢？你看我，你看我，真是老糊涂了。"

青措在一旁"吃吃"地笑着。扎西顿珠的父亲又像是记起了什么似的对我说：

"你看，你看，我这个老糊涂竟把这件事给忘了。每年秋天，是年保山下那条三岔路口上来往的行人最多的时候。阿卡图巴为了搜集民间文学素材，从前年起就在那个三岔路口上盖了两间房，每天烧上几壶茶，在请过往的行人歇脚喝茶的同时，让他们给他讲一个故事，或说几个谚语，唱一段歌词什么的，这样他还真搜集到了不少东西呢。这个老图巴！"

说完"哈哈"地笑了起来。之后，又突然想起了什么似的问我：

"怎么，昨天你在年保山脚下没有看到他吗？你应该看到的啊！"

听了他的话。我的眼前一下子浮现出了昨天在年保山脚下遇见的那个有着一个奇大无比的额头，且要我讲故事给他听的老头子，突然明白了他就是我要找的阿卡图巴，心里埋怨自己当时怎么也不问问他，还以为人家脑子有毛病呢。

青措看了看我，像是猜出了我在想什么，用一种安慰的语气对我说：

"阿爸昨天捎话说这一阵子行人渐渐稀少了，让我们去接他回来。我丈夫今早天没亮就骑马去接他了,过会儿也就回来了,先进屋坐吧。"

扎西顿珠的父亲听到这话,像是放心了似的看了看我,又看了看青措,说:

"青措,他可是专门从省城来找你阿爸的,现在就交给你,你可要照顾好他!我还有点事,先回去了。"

临走时,对我说了些晚上到家里跟扎西顿珠好好聊聊之类的话,就一晃一晃地走了。

青措给我倒了一碗茶,又准备着要做午饭。我说我已经吃过了,不用做了,她像是没有听到似的继续准备着。我又说我真的已经吃过了,不用再做了,她这才停下来给我添茶。

慢慢喝着茶,等了半个多小时,阿卡图巴还没到。这期间,我向青措谈了一些我们杂志社这次举办纪念活动的情况。她还问了我好多事,我都一一作了回答。她一边给我添茶,一边劝我不要着急。我看闲着也是闲着,就生出一个念头,想让青措讲讲自己的父亲。我想这样不仅可以增加对阿卡图巴的了解,说不定还能得到一些意外的收获呢。

当我提出这个想法时,起初她还有些犹豫,后来在我的诱导和启发下,便无所顾忌地讲了起来:

"我阿爸在寺院当过阿卡,所以大家都叫他阿卡图巴,他自己也这么称呼自己。关于我阿爸,在我们纳隆村有好多种说法,这些我都不太清楚,因而也就不想多说什么。作为他的女儿,我只想说,我阿爸是个真正的好人。他现在七十多岁了,但他仍然像我小时候一样地爱我。在我十二岁那年,阿妈因病去世,因此他陷入到了极度的悲痛之中,一下子老去了许多。在我的印象中,阿爸和我阿妈有着极为深厚的感情。阿妈是这带很有名的民间歌手,文化大革命开始后,她便成斗争的对象;而我阿爸又是有名的格萨尔说唱艺人,自然也在斗争的范围之中。这样,他们便由相互同情,相互倾慕,到最后相依为命了。在我的记忆中,他俩从没有因为什么事情像别的夫妻那样争吵过。他俩之间始终和和气气,相敬如宾。空闲时候,我阿爸喜欢听我阿妈唱那总是唱不完而又优美动听的各种民歌,听得如痴如醉,赞不绝口,并且时不时地记在日记本上;而我和阿妈又喜欢听我阿爸用他那雄浑的声音说唱《格萨尔王传》。我阿爸说唱《格萨尔王传》可称得上是一绝,他可以不看书本讲上三天三夜。他讲述的曲折动听的岭·格萨尔王的故事伴随我度过了童年的美好时光。我阿爸和阿妈都识藏文,他们希望我这个独生女儿将来能成为一个有文化的人。因而在我五岁那年,我阿爸就手把手地教了我藏文最基础的三十个字母。看着我熟练地写出了那三十个字母,他俩都高兴得什么似的。到了七岁那年,阿爸阿妈就送我进了小学。从那时候起,他俩便鼓励我不仅要掌握本民族的文字,而且还要学会汉语。我便按照他们的期望发奋学习,并且取得了良好的成绩。小学毕业那年,也就是在我十二岁那年,阿妈得了怪病突然离开了我们。临死前,阿妈紧紧握住阿爸的手说你一定要让咱们的女儿好好读书,一定要把她培养成一个有文化的人、有用的人。之后,阿妈又紧紧握住我的手说你一定要听阿爸的话,一定要好好读书。阿妈死后,阿爸强忍着悲痛,含辛茹苦地供我读完了初中。这期间,村里好多人都劝阿爸再娶一个,说家里没个女人不行。可他心里只装着阿妈一个人,怎么也不肯答应。初中毕业后,我看着阿爸一个人在家里那么辛苦,就瞒着阿爸没参加高中和中专考试,说自己没能考上,学校不让再上了。阿爸想让我补习一年再考,可我死活都没有答应他。这样,我便留在了他的身边。后来,当他得知我是为了他而没参加考试时,狠狠地骂了我一顿,说我让他和九泉之下的阿妈失望了。后来,他对我又像以前一样好了。就在我成家以后,他待我仍然像个小孩似的,出门回来总忘不了给我带个礼物……"

这时,大门开了,走进一个高大健壮的小伙子,他的后面跟着一匹枣栗色的马,马背上是一些被褥、褡裢之类的东西。小伙子看了看我,微微点头笑了笑,转向了青措。

青措走过去从他手里接过缰绳,问道:

"阿爸怎么没来?"

小伙子一边从马背上卸东西,一边说:

"乡里昨天给阿爸送来了一份来自省城的请柬,他说这对于他来说是平生最大的荣幸。今早我去时,他已做好了去省城的准备,说再不抓紧就赶不上,今早就坐着班车去县城了。我怎么挡也挡不住,就给了一些钱,让他去了。"

这样,我又告别青措夫妇和扎西顿珠等人,踏上了返回省城的路。

寻找智美更登

江央显出沉思的样子,说:"这一路走来,我觉得我慢慢失去了对智美更登这个角色的把握和判断的能力,也许我们每个人身上都具有智美更登的秉性吧,现在我也不知道什么样的演员最适合演这个角色了。"

老板疑惑地看着江央,没再说话。

1

江央站在村口路边的一处高地上望着远处。

远处有几棵树,被一层淡淡的雾包围着,若隐若现。

江央的身后是刚刚被犁过的田地,地里还散发着泥土的清香。对面的村庄里有许多人家,炊烟袅袅地从每家每户的烟囱里冒出来,升到半空之后又慢慢散开了。远处隐约传来村人祭祀念诵祈祷词的声音,时断时续的法号的声音,小孩子啼哭的声音,牛羊出圈的声音,还有许多杂七杂八辨不太清楚的声音。

江央沉浸在这些声音和景色里面,一动也不动。

江央是个电影导演,他为了拍摄一部电影和摄影师等人一起出来找演员。早晨他们的那辆切诺基爬上山坡,过了山口,这些景象就迎面出现在了他的面前。

江央赶紧叫司机停下车,自己下车了。

走了几步他又停下回头说:"你们先去确认一下是不是这个村庄吧,我在这里等你们。"

司机"呀"了一声就开车往前走了。

一路上他们已经走错了很多村庄,江央的心里也有些疲惫了。

江央从口袋里拿出一支烟,点着吸了起来。

烟吸到一半时,传来了切诺基的声音。随后,从那个小山丘边的土路上便出现了他们的那辆黑色切诺基,还打了一个喇叭。切诺基的后面卷起了浓浓的尘土。

江央看了一眼就扔掉手里的烟慢慢地向路边走去。

切诺基在江央旁边停下来了,司机摇下车窗说:"咱们走错村庄了。"

江央应了一声就上车了。

切诺基加大油门往前开去,后面是一溜烟的尘土。

2

切诺基在土路上一直颠簸着,车里放着一首既传统又经过加工的情歌。歌手的声音很忧伤,翻来覆去地唱下面的歌:

> 美酒甘甜清香,
> 益西卓玛拉,
> 敬请姑娘享用,
> 益西卓玛拉,
> 三口喝完此杯,

益西卓玛拉。

不要一次喝完，
益西卓玛拉，
慢慢慢慢享用，
益西卓玛拉，
三口喝完此杯，
益西卓玛拉。

快乐小小酒馆，
遇见心中姑娘，
敬我美酒一杯，
胜似美妙琼浆，
三口喝完此杯，
益西卓玛拉。

这首翻来覆去的歌听得车里的每一个人都昏昏欲睡。

司机终于看见前方的土台子上有几个人在向这边张望，就说："我们说好十点到他们村，现在都十二点了，人家肯定等了很长时间了。"

坐在司机旁边的老板也看了看前面说："人家肯定等了不少时间，要是没走错路就好了。"

司机继续看着前面，脸上露出一丝兴奋的样子："但也总算是到了，要是还不到，你们都这样昏昏欲睡的，我也困得快把不住方向盘了。"

江央在后面催促道："那就快点吧。"

车一下子快了，车里唱歌的声音也被隆隆的马达声盖过去了。

车快到那个土台子时，他们看见那几个人在招手，就停下了。

他们下车后，土台子上下来一人说："你们就是那几个拍电影的吧？"

司机赶紧说："是，是。"

那人说："路上吃苦了吧，我们等了你们一个上午。"

老板上前握住那人的手说："路上倒是没吃什么苦，只是走错了路，耽误了不少时间，让你们久等了。"

那人说："我们倒没事，反正整天也闲着，听说你们要来我们还挺高兴的，只要你们路上没吃苦就行，我是这儿的村长，你们的导演是谁？"

老板指着江央说："谢谢你们，谢谢你们，这位是我们的导演。"

村长握住江央的手说："昨天我弟弟打电话了，说你们是高中同学吧？"

江央也笑着说："对，我们是高中同学，他说他今年可能回不了家。"

村长说："自从参加工作之后，他回家的次数就明显少了，老是说工作很忙。"

江央说："他们机关的工作确实挺忙的，毕业之后我们也没见过几次哪。我家里人也总是这样说我，但平时总是有一些莫名其妙的事情让你脱不开身，其实我们是很想回到家里多待些日子的。"

村长说："其实我们也知道你们很忙，主要是你们老在外地总是不放心啊。"

老板笑着说："其实他们已经很适应那个环境了。"

江央指着微微发福的老板说："噢，忘了介绍了，这位是个老板。这次他是义务给我们带路的。"

老板又一次和村长握手。

导演又把摄影师和司机介绍给了村长。

他们也一一握手。

土台子上的另外几个人也下来跟他们热情地握手。

待大家握过手之后，江央对村长说："这次我们来主要是听说你们这儿以前演过《智美更登》，想找一个演智美更登的演员。"

村长很认真地说："这个昨天我弟弟打电话时都跟我交代过了，我已经通知了以前演过这出戏的演员，今天让他们在家里等着，但是他们已经好几年没演《智美更登》了，不知道现在还会不会演。"

村长又对旁边的一个小伙子说："你去把他们叫来。"

之后，又对江央说："我们先去村里的党员活动室吧，以前那儿是放《智美更登》的道具和服装的地方，那儿还有演出《智美更登》的戏台哪。"

江央马上说："太好了，那我们就过去看看吧。"

几个人被村长领着走,经过一个小河滩,进了一个四周有围墙的大院子。

院子里有几块大石头,还有两个旧的篮球架子,正对着大门有一个大的舞台。

村长说:"咱们先到党员活动室休息一会儿吧,你们也应该很累了。"

说着把他们领进了门口挂有党员活动室牌子的房间。

党员活动室里有几张旧沙发和两张办公桌,正中间的墙上挂着马恩列斯毛像,左右两边挂着一些锦旗和奖状,收拾得很干净。

村长让他们在沙发上休息一会儿。

江央看了看屋里说:"你不是说还有藏戏《智美更登》的服装道具吗?我们先看看吧。"

村长说"有有",带他们进了隔壁的套间。

隔壁套间里木头搭起的平台上堆满了藏戏《智美更登》的服装道具,墙上还挂着几个面具,上面都积着一层厚厚的尘土,很久没有动过的样子。

村长拿起一个大臣的帽子给江央看。

江央接过去看时,上面积着的尘土掩住了原来的颜色。

江央往上面吹了一口气,扬起一阵尘土,使得大家捂起嘴巴直咳嗽,但还是看不清是什么颜色。

老板拿起一个藏戏面具戴在脸上做各种怪异的动作,引得大家直发笑。

之后,老板又好奇地拿起一个圆形的帽子笑着说:"你看他们多有主意啊,把一个安全帽改成了大臣的帽子。"

说话间,从玻璃窗户里看见几个年轻男女进了院子。

村长看了看外面对江央说:"演智美更登的人来了,咱们出去吧。"

大伙儿走出了党员活动室。

村长指着刚刚进来的一个抱着小孩的男人说:"他就是当年演智美更登的演员,那几年可是轰动了方圆几里的村庄啊。"

江央走过去对那男人说:"你没演智美更登几年了?"

男人想了想说:"大概有五六年了吧。"

江央看着他的脸问:"那你今年多大了?"

男人不假思索地说:"我今年三十二岁。"

一个歪嘴男青年问老板:"你们是来选演员的吗?"

老板笑着说:"对,我们年底要拍一部电影,里面需要一个演智美更登的演员,听说你们村以前演过《智美更登》,就特意来看看。"

歪嘴男青年对着演过智美更登的男人开玩笑似的说:"嘉措,你可要好好表现哪,要是真选上了就能上电视了,我们就能在电视里看到你了,你可要出大名了。"

老板一本正经地说:"我们拍的是电影,将来你在电视里是看不到的,小时候你看过电影吧?就是在一块大白布上放的那种。"

歪嘴男青年说:"这个我也懂,但是那种电影已经有好多年没有看过了,小时候在村里经常看那种电影,在县上也看过很多,不过县里有电影院,电影院里的那种椅子、那种感觉是无法比的,尤其带上一个女孩子一起看,那种感觉真是绝妙啊!那时候我正在县城上中学,就老是骗家里的钱带着一个女孩去看那种电影,电影倒是看了不少,但是后来连高中都没考上,那个女孩也没考上,想想可能真是害了那女孩啊。"

江央笑着说:"你的经历倒是和我很相似啊,只是我现在能拍电影,而你却不能拍电影,有点可惜啊,可能是你太早熟了吧。"

歪嘴男青年一本正经地说:"你觉得我也有可能拍电影吗?"

江央笑着说:"很有可能啊,每个人都有可能拍电影。"

歪嘴男青年笑着说:"那我当年没好好读书有点可惜啊。"

老板笑着说:"这就是命运啊,谁又能知道自己有怎么样的命运呢?"

歪嘴男青年看了看老板说:"你说的有道理,我和那个女孩好像就只有那么一点点缘分,虽然那时两人那么好,但是现在我连她在哪里都不知道。"

江央笑着说:"你的故事挺有意思的,也许将来可以拍成一个电影。"

歪嘴男青年不太相信但又很高兴地说:"真的吗?那太好了,我可以把更多那时候的秘密讲给你听的。"

老板笑着说:"你不要听导演乱说了,他已经跟很多人说要拍他们的故事。"

江央很认真地说："我倒是真的希望把这些拍成电影，我觉得挺有意思的。"

歪嘴男青年有些羡慕又有些遗憾地说："那些演电影的人命真好啊，他们能把自己的形象活生生地留下来，人这一辈子总得在阳世上留下点什么吧？"

村长瞪了一眼歪嘴男青年说："不要光顾着瞎聊，人家还有正经事哪。"

说完又对着演智美更登的男人说："你把孩子放下，到台上唱两句吧，让人家看看你到底怎么样啊。"

台下的几个人也附和着说："放下孩子，赶紧到台上唱两句吧。"

演智美更登的男人不好意思地对江央说："我可以抱着孩子上去唱吗，这孩子爱哭，除了我和他妈谁都不认。"

江央笑着说："可以可以，你上去唱两段你最拿手的就行了。"

男人抱着孩子从后台的小门绕到了戏台上。

江央赶紧对跟在后面的摄影师说："等会儿他唱时你把戏台带人全拍下来，回去做资料。"

摄影师赶紧做好了拍摄的准备。

男人抱着孩子在戏台上走了几步说："几年不唱现在有点紧张啊。"

这时，台下的人群里传出一个女人的声音："哪止几年啊，咱们没演智美更登都有十个年头了。"

男人在台上指着那个女人说:"她就是当年演我妃子的演员。"

江央等几个人的目光落在那个抱着小孩的女人身上。

歪嘴男青年对着台上笑着说:"她演的不是你的妃子,她演的是智美更登的妃子。"

人群中传来一阵哄笑声。

台上的男人抱着孩子有点不服气地争辩道:"我就是智美更登,她就是曼达桑姆,为什么不能说她是我的妃子?"

歪嘴男青年更加大声地说:"你只是演了个智美更登而已,她也只是演了个曼达桑姆而已,不要搞错了。"

村长对着歪嘴男青年说:"人家即便不是智美更登,也演过好多次智美更登呢,你这样说好像你演过什么重要角色似的。"

众人笑了起来,歪嘴男青年有点不好意思地看着江央说:"我就是特别喜欢演戏,但是他们一直没给我一个机会。"

摄影师把镜头对准歪嘴男青年拍。

看着摄影师把镜头对着自己,歪嘴男青年有点紧张地说:"你没有拍我吧,不要拍我啊,怪不自在的。"

又指了指台上的男人说:"赶紧拍他吧,他才是你要拍的人。"

村长对抱小孩的女人说:"你刚才说有十个年头没演智美更登,有这么久吗?"

女人不假思索地说:"怎么没有,从我结婚那一年起村里就没演过什么藏戏,我结婚都已经十年了。想一想时间过得真快啊,转眼间年华就已经老去了。"

台上的男人也说:"我刚刚仔细算了一下,村里没演藏戏确实已经十年了,可是心里总觉得只有五六年的时间,这时间真是飞快啊。"

江央的手机响了,手机铃声很古怪,一个小女孩的声音一个劲地说:"阿爸,阿妈来电话了。阿爸,阿妈来电话了。"

台上的男人停下来看他。

江央到一边接了一会儿又马上关上,回来了。

抱小孩的女人开始说:"我记得很清楚,那年秋天,跟我们一起演智美更登的其他几个演员都考上了大学,到城里上学去了,现在都成了国家干部了,我们虽然演的是智美更登和曼达桑姆,但是我们都没能考上,成了现在这个样子。那年藏历年时,我虽然已经嫁了人,但还是想演一次曼达桑姆。可是那些学生没有一个愿意演的,也就没演成。学生们说要变一个花样,就排了一些稀奇古怪的唱歌跳舞的节目,从那以后就再也没有演过智美更登了。刚开始那些节目还挺新鲜的,但是那些节目大家看了几年也就没人看了。现在倒是有人老是嚷嚷着说想看藏戏《智美更登》和《卓瓦桑姆》等,可是现在恢复这些哪有这么容易啊。"

老板偷偷地看了几眼抱小孩的女人,眼神有点异样。

江央听着女人的话显出了沉思状。

这时,江央的手机又响了:"阿爸,阿妈来电话了。阿爸,阿妈来电话了。"

江央走到一边去接电话,低声说了很多话。

其他人都用怪异的目光看着江央接电话的样子。

江央终于打完电话了,装上手机回到戏台前。

村长有点急躁地对着台上说:"站着不说话算怎么回事?人家是来看你们能不能演智美更登的,你还是赶紧唱一段吧。"

台上的男人也赶紧说:"好好,那就唱一段吧,我唱智美更登王子施舍眼睛那一段吧。"

说着清了清嗓子准备要唱,但是刚唱出声嗓子就被卡住了,最后,清了几遍嗓子后才唱了出来:

> 一双眼珠已取下,
> 满足欲望施予你。
> 望你从此见光明,
> 看清三域辨是非。

可是唱了这四句之后就再也唱不下去了,怎么也记不起词了,对着台下说:"实在是记不起台词了,唱这么点行吗?"

江央说"可以了,可以了,"然后给摄影师做了个手势,让他不要再拍。

摄影师也笑着停下了。

看着台上的男人局促不安的样子,江央也笑了,说:

"你可以下来了,谢谢了。"

待男人下来之后,又对抱小孩的女人说:"现在你来唱两句吧。"

女人支吾着不唱。

江央笑着说:"你是不是也要到戏台上才能唱出来啊?"

女人摇头。

老板走近女人问:"你是不是有什么事啊?"

女人又是摇头。

村长见状说:"那你是怎么回事?"

女人小声对村长说:"村长,你来一下。"

说着走到了篮球架子那边,村长也跟着过去了。

女人在篮球架子边站住悄声说:"村长,昨天我跟你说的那个事情。"

村长拍了一下脑门恍然大悟似的说:"看看我这记性,差点给忘了。"

说完,自己先过去了。

江央问:"有什么问题吗?"

村长说:"没什么,没什么,都不好意思说出来。"

江央说:"有什么事你就赶紧说吧。"

村长这才很不好意思地说:"是这样的,她和她男人在一个工地打工,每天能挣个二十块钱,昨天下午我去他们家说你们要来时,她男人不让她在家等,说他们俩得打工挣钱,我好说歹说都不行,最后就答应给她补上今天的工钱了。"

老板笑了笑说:"原来是这么点小事啊,我还以为有什么大事呢,今天的工钱我给她。"

说着从兜里掏出三十块钱,走到篮球架子旁塞到女人手里说:"给,多给你十块钱。"

这样一说,女人又不好意思了。

村长走过来说:"拿着吧,这样你回去就有个交代了。"

女人拿出钱,取出十块还给村长说:"我不能多要。"

村长把十块钱还给了老板。

老板笑着说:"现在你可以唱了吧。"

女人点了点头,他们就过去了。

女人说:"我就唱智美更登施舍眼睛,我晕倒醒来后的那一段吧。"

江央说:"好,好,就唱那一段吧。"

女人便抱着孩子没有任何动作地唱了起来:

曾在哈相恶魔山,
忍痛度过三十年。
死里逃生到如今,
不幸又遭此厄运。
……

女人记得的唱词倒是不少,不停地唱了好几段。

唱着唱着,中间的唱腔都有些跑调了。

但是大家还是看着她唱。

最后，女人自己停下来说："我还要唱吗？"

江央赶紧说："可以了，可以了。"

老板笑着说："唱得还真不错。"

江央看了看老板又对着村长说："我看就差不多了，我们该回去了。"

村长急了："哪有这样的道理，吃了午饭再走，这样走了我弟弟回来会骂死我的。"

老板说："他们有点急，我们还是回去吧。"

村长说："谁也不用说什么了，到我家吃了午饭再走，都准备好了。"

大家便往村长家走。

那个喜欢电影的歪嘴男青年走近江央说："你刚才说的要把我的故事拍成电影的事是真的吗？"

江央笑着说："有可能，我觉得你的故事挺有意思的，一个跟电影有关的爱情故事。"

歪嘴男青年小心翼翼地说："那有没有可能让我自己演自己哪？"

江央依然笑着说："也有可能，好多电影就是这样的。"

歪嘴男青年有点激动地说："那你可一定要记得我啊。"

他们越走越远，除了一些笑声听不见具体的谈话内容了。

3

切诺基在一条公路上行驶着,车里还是反复地放着那首很伤感的情歌。

老板看着前面的路说:"我们先去尼木村吧,尼木村离这儿近一些。"

江央说:"我对这一带不熟,就听你的了。"

江央又问司机:"司机,你认得去尼木村的路吗?"

司机回头说:"我认得路,以前去过一次,前面就得右拐了。"

刚拐进去司机又说:"前面的路断了,我们得绕着走。"

说着又把车倒回来,向另一个路口开去了。

一会儿之后,车就拐进了一条山路。

走上山路后,车里有点晃动起来。

老板问江央:"导演,刚刚那两个演员中你的意吗?"

江央说:"我看演员基本上就不能用,不过那些场景倒是有点意思。"

摄影师说:"我觉得也是。"

江央笑着问老板:"你对那个小媳妇那么热情,你什么意思啊,我看着都有点不好意思了。"

摄影师也笑着说:"我也看出来了,没想到老板还那样色啊。"

老板神秘地笑着没有说话。

江央说:"别那样傻笑着,赶紧说说是怎么回事吧,是不是喜欢上人家小媳妇了?这种情况可不允许啊。"

老板依然神秘地笑着说:"我再怎么色也不至于在光天化日之下想入非非吧?"

摄影师说:"那你是怎么回事,对人家小媳妇那么殷勤?还抢着给钱。"

老板看着前面,语气有点忧伤地说:"这个你可能不懂,有时候看见一个人很容易想起另一个人的。"

江央说:"你就不要卖关子了,快点说说到底是怎么回事吧。"

老板的表情也变得忧伤起来:"那个小媳妇让我想起了我的初恋情人。"

江央的表情也发生了变化,好奇地问:"什么?初恋情人?"

老板依然伤感地说:"这个小媳妇和我的初恋情人长得很像。"

江央急切地说:"快讲讲是怎么回事吧。"

老板看着前面的路,顿了顿说:"说一个女孩带走了我一生的全部的爱也是可以的,我到现在也忘不了她。"

江央催他:"那就讲讲那个女孩吧。"

老板把目光转向远处的山野,说:"讲起这个会勾起很多往事的。"

江央再次催他:"快讲讲是怎么回事吧。"

老板说:"和那个女孩子的经历是我这辈子最重要的情

感经历，我到现在也忘不了她。"

摄影师也在催他："那快点讲给我们听听吧。"

老板从远处收回目光说："我现在心里很难受，再说尼木村也快到了，等以后有机会了再讲给你们听吧。"

江央说："我最痛恨这种讲故事的方法，你这不是在我的心里留下一块疙瘩了吗？"

老板很认真地说："这是我的真实的情感经历，这不是一个故事。"

江央的手机突然响起来了："阿爸，阿妈来电话了。"

江央拿出手机看了一下，想接又不想接的样子。

手机继续响着，老板回头说："手机响个不停怎么不接啊？"

江央没说什么，关了手机装进了口袋里，脸上没什么表情，像是换了一个人。

切诺基经过一段下坡路之后，就到了尼木村。

尼木村很有特色，周围树木茂密，房屋全部用木头建成，中央还有一座白色的佛塔。

切诺基在佛塔边停下了。

他们下车后老板问一个转经的老人："老爷爷，你们这儿负责藏戏的人是谁？"

老人停下诵经说："你说什么，我耳朵不太好使。"

老板提起嗓门问："你们这儿负责藏戏的人是谁？"

老人也提起嗓门说："噢，是前面那一家，但是不在家，他们到河滩里砍柴去了，你们等一会，我让人去叫。"

老人叫来一个小孩说:"你快去河滩叫多杰叔叔回来,说有客人找。"

小孩不太愿意的样子:"太远了,我不想去。"

老人生气地说:"你这小孩怎么这个样子!"

小孩还是不愿意的样子。

老板想了想从兜里摸出一支钢笔说:"你是学生吧,这支钢笔给你,一定要好好学习啊。"

小孩接过钢笔很喜欢的看了看,跑去叫人了。

老人问:"你们从哪里来?"

老板指着江央等人说:"这些人是拍电影的,要在我们这儿拍个电影。老爷爷,电影你知道吗?"

老人说:"电影当然知道啊,以前不是在村里挂块镶黑边的白布老是放吗?那玩意儿还挺新奇的。"

江央说:"老爷爷,您知道的还真不少。"

老人皱着眉头说:"不过那玩意儿现在还有吗?已经有好多年没看过了。现在每家每户都围着那么个铁匣子看,有时候还放唐僧喇嘛西天取经的故事,挺好看的。但是有时候一家人在一起也实在没法看,好好的男女突然就会亲起嘴来。"

江央笑着说:"现在大城市里还有很多人在看电影哪。"

老人说:"噢,那我就不知道了,你们等会儿,我要转经。"

江央说:"我们也跟着您转经吧。"

几个人跟着老人转经。

没过多久小孩回来了："我去叫了多杰叔叔，他让你们到他家里。"

他们告别老人，让小孩带路开车过去了。

藏戏负责人多杰对藏戏有着比较深入的了解和研究，尤其对《智美更登》更是知道得很多，进去没多久就开始滔滔不绝地讲起了智美更登的故事：

"《智美更登》是八大藏戏之一。智美更登为古印度贝德国王之子，八岁时就表现出无比的慈悲心，开始广济施贫，把镇国之宝如意宝物也施舍给了邻国国王香赤赞普，因此触怒了国王。国王将王子智美更登、妃子曼达桑姆和他们的三个孩子发配到了哈相恶魔山。路上遇见三个婆罗门，请求施舍三个孩子。智美更登王子把三个孩子施舍给了他们。帝释、梵天两大天神化身婆罗门，请求施舍妃子。智美更登也如愿把妃子施舍给了他们。两大天神深受感动，把妃子还给了王子。智美更登带着妃子曼达桑姆到了哈相恶魔山，在那里苦修了十二年。后来遇见一个瞎子婆罗门，请求王子施舍双眼。智美更登就把双眼施舍给了他。那个瞎子婆罗门到了贝德王国，人们问他：你一个瞎子，怎么突然间看见了光明？瞎子婆罗门说是智美更登王子把双眼施舍给了他。这件事就像风一样传遍了全世界。大臣达娃桑布听到这个消息后前去迎请智美更登王子。智美更登王子为了满足大臣达娃桑布的愿望，减轻妃子曼达桑姆的痛苦，虔心祈祷，重新看见了光明，踏上了返回故土的路。先前的那三个婆罗门把三个孩子还给了智美更登王子。于是，王子全家再次团聚。国王香赤赞普也把如意宝物还给了王子智美更登。王子智美更登便返回皇宫，善理朝政，长此以往。"

江央很佩服地看着多杰说："大叔，您对藏戏这么有研究，到时候就做我们的顾问吧。"

多杰谦逊地说："我只是知道一点点，谈不上什么研究，现在比较担忧的就是好多年以前有藏戏传统的地方现在都不演藏戏了，这样下去藏戏的前景堪忧啊，不过我们这儿到现在从来没有间断过，一直保持了下来。"

江央说："我们这次来就是想找个扮演智美更登的演员。"

多杰马上说："我们这儿演智美更登和曼达桑姆的演员演得都非常好，只要他们一出场，就会哭倒村里的许多男女老少。"

江央很感兴趣地说："能不能请他们来唱一段，让我们听听。"

多杰面有难色地说："演曼达桑姆的演员还在村里，但是演智美更登的演员今年大学毕业后分到了州师范学校当老师，不知道今年过年能不能回来，他若不能回来，今年村里的藏戏也演不成了。不过这个孩子很有表演天分，特别喜欢表演，小时候还演过一个电视剧哪。"

江央好奇地问："是吗，还演过电视剧？什么电视剧，您记得吗？"

多杰想了想说："具体叫什么名字我都忘了，记不起来了。那是他很小的时候演的，演得还挺好的。"

江央说:"这很可惜啊,演了这么多年,如果今年演不了的话。"

多杰说:"是啊,本来指望着他能来,但是他说他今年不一定能回,现在培养一个估计也来不及了。"

江央说:"演曼达桑姆的女孩演得怎么样?我们也需要一个演曼达桑姆的演员。"

一提到她,多杰的眼睛都亮了起来:"她可是附近几个村子里演曼达桑姆演得最好的一个,可谓是出神入化啊,说老实话,演智美更登的男孩都没有她演得好。"

江央高兴地说:"那赶紧叫来让我们看看啊。"

多杰对刚才的小孩说:"你快去叫卓贝姐姐来。"

小孩看了看老板说:"我累了,我不去。"

多杰骂了一句:"你这孩子怎么不听话?"

老板笑着掏出两块钱递给小孩说:"快拿去买个作业本吧。"

小孩看了看多杰,不敢拿老板的钱。

多杰笑着说:"老板是好心让你好好学习,只要你肯好好学习,就拿去买作业本吧。"

老板把钱塞到了小孩的口袋里。

小孩对着老板说了声"谢谢叔叔"就准备要走。

多杰笑着对小孩说:"下次可不准这样啊。"

小孩很认真地说:"下次你们让我去哪儿我就去哪儿。"

大家看着小孩出去都笑了起来。

多杰指着旁边的一个小木房说:"这里有一些《智美更

登》的面具和道具，要不要看一下？"

江央说："好，好。"

多杰进了那个木房，他们也跟了过去。

多杰从木房里搬出了一些面具和道具。

那些面具和道具还是崭新的，保养得也很好。

多杰指着那些面具道具讲起来："这些就是王子智美更登和妃子曼达桑姆被发配到哈相恶魔山时，虎豹豺狼等野兽恐吓他们的面具和道具。"

说着拿起一个毛茸茸的面具说："这是其中野人的面具。"

导演接过去看着。

多杰又拿起一个很粗的蛇的道具说："这是哈相恶魔山上的毒蛇，它使哈相恶魔山弥漫着黑色的毒气，非常恐怖。"

他把毒蛇的道具给了老板后又拿起一个狰狞的老虎的面具，绘声绘色地说："这是虎的面具，王子智美更登和妃子曼达桑姆从哈相恶魔山返回时，虎豹豺狼等野兽向他俩显示出对父母般的依恋之情，请求他俩不要离开。"

正说话间，大门吱呀一声开了，多杰看了一眼说："噢，演曼达桑姆的卓贝也来了，我们去看看吧。

等大家看时，看见刚才那个小孩后面跟着一个女孩进来了。

那女孩用一条红头巾把头和脸严严实实地围起来了，只露出了一双眼睛。

江央好奇地看着那女孩。

女孩脸上仅露出的一双眼睛很大,扑闪扑闪着,透出忧郁的神色。

多杰指着女孩说:"她就是演曼达桑姆的卓贝。"

女孩在一边低着头,不说话。

江央看着女孩笑着说:"姑娘,你能不能把头巾取下来,让我们看看你的脸。"

女孩摇了摇头。

多杰板起脸说:"你这像什么话呀,人家是来选演智美更登和曼达桑姆的演员的,你不取下头巾人家怎么知道你合不合适啊?"

女孩低着头说:"我感冒了,冷。"

几个人都笑了起来,连小孩也在笑。

江央止住笑说:"不让看你的脸也就罢了,能不能唱一段曼达桑姆的唱词?"

女孩点了点头。

多杰笑着说:"等一下,我给她伴奏。"

多杰进屋拿了一个笛子出来。

多杰和女孩悄悄说了几句话之后,就吹起了笛子。笛子里吹出的也是忧伤的曲调。

听着笛子的伴奏声,女孩的神态一下子变了,开始进入状态表演起来了。

女孩在表演曼达桑姆发现智美更登趁她不在把三个孩子施舍出去之后的那段令人肝肠寸断的戏。

女孩做寻找三个孩子的样子。

女孩对着多杰说:"你是不是把咱们的三个孩子也施舍给了别人?"

多杰装作智美更登的样子点了点头说:"我把他们施舍给了三个婆罗门。"

女孩极度悲伤,腿一软跌倒在地上,用哭腔唱道:

> 我的宝贝孩子,
> 像那太阳一样可爱,
> 为什么这黑心的乌云,
> 要把阳光遮挡住。

说着晕倒在一旁。

女孩的表演和吟唱使在场的每一个人都屏住了呼吸,透不过气来。

唱完之后,江央感慨万千地说:"唱得真是好啊,多纯粹啊!"

听到江央的赞美,女孩又恢复到刚开始时的样子,低着头不说话。

江央不无遗憾地说:"姑娘,你就不能取下你的头巾让我们看看你的脸吗?"

女孩还是摇了摇头。

江央也无奈地摇了摇头,想了想把多杰拉进屋里悄声说:"她唱得真是太好了。我有一个问题要问你,你可要老实回答我,她不是因为长得太难看才蒙住脸的吧?"

多杰听了哈哈大笑起来,说:"你可是讲了一个大笑话啊,她可是我们村里最漂亮的女孩子,附近村庄也没有几个这样的。"

江央纳闷地说:"这真是奇怪。"

多杰说:"我们也说她变得怪怪的,跟以前不一样。"

江央想了想说:"那你去问问她愿不愿意演我们的电影,我想让她演《智美更登》中的曼达桑姆。"

多杰面有难色地说:"好,我去试试看吧,答不答应我可没把握啊。"

说着多杰走出去了。

江央从木格窗户里往外看。

多杰正在费力地跟女孩讲着什么。

一会儿之后多杰就回来了。

江央问多杰:"她答应演了吗?"

多杰回说:"答是答应了,但是得答应她一件事,答应了她说才肯演。"

江央问:"她有什么事?"

多杰笑着说:"她说她以前的男朋友肯演智美更登的话她才肯演,要不然她也不演。"

江央莫名其妙地问:"这是什么意思?"

多杰叹了一口气说:"她的男朋友就是我前面说的在州师范当老师的那个小伙子,从小和她一起演《智美更登》,他们已经好了好多年了,但是今年夏天小伙子大学毕业后就又找了一个女朋友,要和她断绝关系。"

江央点了点头说:"原来是这样,这个可有点为难啊。"

多杰不无遗憾地说:"他俩以前实在是太好了,谁也不会想到会这样。"

江央问:"那个小伙子演得怎么样?"

多杰又大加夸赞起来:"要说表演他演得也实在是好,附近几个演藏戏的村庄里面可能没有比他更好的了,他们俩搭配在一起演那才叫绝啊,如果现在还有那种文工团招演员的机会,他们俩肯定能考上的。"

江央说:"你去告诉那姑娘,如果她不变卦,我一定去争取让那个小伙子演。"

多杰又出去了。

江央从窗户里看外面。

多杰正在向女孩说着什么。

过了一会儿,多杰又摇着头回来了。

江央问:"又怎么了?"

多杰摇着头说:"唉,这姑娘真是麻烦,她说她要跟你们一起去见见那个小伙子。"

江央笑了起来:"这倒有些意思啊,难得她那么执着,我看也没什么问题吧,主要是那个小伙子演得真有那么好吗,真的值得我们专程去看看吗?"

多杰说:"他演得确实是好,你们看看就知道了。"

江央说:"就凭你这句话,我们也得走一趟。"

说着他们往屋外走。

江央像是突然想起什么似的停住脚步问:"我还是要问

一下，她长得不是很差吧？"

多杰看着江央说："唉，你既然这么信不过我，我这里正好有我们藏戏团的合影，她也在上面，你可以自己看一看。"

说着走过去从桌子上拿来一张照片给江央看。

江央想了想说："照片我就不看了，我一般都看真人，照片和真人的感觉不一样。"

多杰说："那你先带上吧，这张照片就送给你了，也许以后会用得着哪。"

江央也没再说什么，接过照片装在了上衣口袋里。

走出木门时，多杰突然想起什么似的说："你们不是在找智美更登的演员吗？我们村里可有个活生生的智美更登啊。"

江央惊讶地问："什么？活的智美更登？"

多杰笑着说："是啊，他年轻时像智美更登一样把自己的妻子施舍给了别人。"

江央问："真的吗？他叫什么名字？"

多杰说："真的，他叫嘎洛大叔。这里的人都知道他。"

江央看了看摄影师等人说："那我们一定得见见他，大叔您能给我们带路吗？"

多杰说："可以，可以，就不知道他这会儿在不在家里，应该在家里吧。"

到了院子里，多杰对蒙面女孩说："姑娘，快去准备一下吧，人家答应带你去了。"

江央也对姑娘说:"去准备一下,等会儿我们就走。"

蒙面女孩"哎"了一声就先走了。

江央对摄影师、老板等人说:"听说这个村里有个活的智美更登,我们也过去看看吧。"

往外走时,小男孩跑在江央前面说:"我给你们带路。"

江央看着小男孩可爱的样子笑着从兜里掏出一把零钱,找出一张五块的给他。

小男孩说:"我不能再要了,我说过你们让我做什么我就做什么的。"

老板等人笑着说:"快拿上,等一会儿去买糖吃吧。"

小男孩犹豫了一下还是接过去了。

多杰笑着故意对小男孩说:"今天你在我家里发了大财啊,那些钱咱们分了吧?"

小男孩听了紧张地把钱装进了裤兜里。

出门之后,多杰把他们领进了一个胡同里。

多杰问小男孩:"你有没有看见嘎洛大叔?"

小男孩说:"今天我没看见他。"

多杰说:"今天早上我也没看见他,他应该在家吧。"

小男孩指着村子后面的那个小山丘说:"刚才我去叫卓贝姐姐时看见嘎洛大叔的女儿在那里晒太阳。"

多杰停下来说:"是吗?那你问问她。"

小男孩双手做喇叭状对着小山丘大声喊道:"喂,嘎洛大叔在家吗?嘎洛大叔在家吗?"

那边山丘上站起来一个人大声说:"喂,你们去吧,我阿爸在家里。"

多杰对着江央说："嘎洛大叔在家里，这就好了。"

江央也说："那就好，那就好。"

他们又开始往前走，多杰说："嘎洛大叔可是个奇人啊。"

江央说："我们平常都在城里，就不知道这些，以后应该多走走才是。"

"这边走，这边走。"多杰又把他们领进了另一个胡同。

过了那个胡同，眼前就是一户人家。

多杰说："这就是嘎洛大叔家。"

他走到门口时，多杰说："哦，不在家里，拴着门链呢，可能就在附近吧。"

大伙儿就左右张望，也没有看见一个人的影子。

多杰对小男孩说："你喊喊吧。"

小男孩便"嘎洛大叔，嘎洛大叔"地喊了起来。

在嘎洛大叔家麦场的方向传来了一声"哦，我在这儿"的声音。

小男孩立即说："嘎洛大叔在麦场里。"

他们便推开麦场的木栅门进去了。

嘎洛大叔正在整理木材，一根一根地往墙边码木头，见他们来了就停下了，手里还拿着一根木头。

多杰走上前说："嘎洛大叔您在这儿啊，我们还到处找您呢。"

嘎洛大叔看着手里的木头说："我在这儿。"

多杰说:"他们在找一个演智美更登的演员,听说有您这样一个活的智美更登,就让我带来见见您。"

嘎洛大叔谦逊地说:"哦,好,好,你们辛苦了。"

江央仔细看了一眼嘎洛大叔说:"大叔,您真的把您的妻子施舍给别人了吗?"

嘎洛大叔五十多岁的样子,一脸的慈祥,他笑了笑说:"是啊,那是我年轻时候的事情。"

江央问:"那您为什么要施舍自己的妻子呢?"

嘎洛大叔很认真地说:"我三十多岁时,我们村里有个男人,他的妻子去世了,一只眼睛又是瞎的,就这样三四年都没能娶上个老婆。我想着我比他小几岁,也不缺胳膊短腿的,就是把妻子施舍给他我也可以再找一个,就这样把妻子施舍给了他。"

江央吃惊地看着嘎洛大叔问:"那她同意吗?您把她施舍给别人?您有这个权力吗?"

嘎洛大叔说:"本来是没有这个权力的,当时我和她商量过,她同意之后才这样做的。"

江央疑惑地问:"那您对她有感情吗?"

嘎洛大叔说:"说起来我俩相处得还很好,在一起生活十年,夫妻间连个架都没吵过。"

听到这话,江央似乎陷入了沉思之中,看着嘎洛大叔不说话。

这时,老板开口了:"大叔,要是有人让您施舍双眼给他,您能像智美更登一样施舍双眼吗?"

嘎洛大叔还是一样的表情，缓缓地说："如有需要我会施舍的。但是我怎么施舍啊？就算我像智美更登一样取出双眼给别人，别人拿它做什么啊？"

老板笑着说："您有所不知啊，现在科学很发达，许多人死前像智美更登一样，会把眼睛施舍给别人的。"

嘎洛大叔有点摸不着头脑了，问："一个死人的眼睛有啥用呢？"

老板还是笑着说："您又不知道了吧？那让很多盲人见到了光明。"

嘎洛大叔又很自信地说："科学这东西真有那么奇妙的话，我也可以在没死前把眼睛施舍给别人。我已经到了这个年岁，该享的福都享了，别人如有需要，我是愿意把什么都捐出去的。"

老板很佩服地说："大叔，您真是个活菩萨啊！真没想到这年头还有您这样的人。"

多杰很认真地说："真是这样的，他就是这样的人。"

老板又说："大叔，我们今年要拍一部关于智美更登的电影，您能不能在电影中演一个角色呢？"

嘎洛大叔连连摇着头说："这个我干不了，都这把年纪了，电影我真的演不了，你们也别麻烦我了。"

多杰也帮着老板说话："您是活着的智美更登，您就答应了吧。"

嘎洛大叔还是摇着头说："我手里有什么你们需要的，我都可以给你们，其他的你们就不要为难我老汉了，我求求你们了。"

江央开口说:"大叔,我们到处在寻找的其实就是您这样的人啊,以后有什么需要您的地方,我们还会回来找您的,您多保重。"

嘎洛还是摇着头说:"求求你们,你们不要再来找我了,那是我帮不了的事,你们多保重吧。"

江央也很郑重地说:"大叔,您多保重。"

他们跟嘎洛大叔告别后就离开了。

嘎洛大叔一直看着他们离去。

4

切诺基又行驶在了一条崎岖不平的山路上。

车里依然是那段音乐,江央和摄影师似乎在听着,却又各自想着心事的样子。女孩用红头巾把头和脸严严实实地围着,只露出一双忧郁的大眼睛看着窗外。司机显得有点疲惫,他开车的样子很让人担心。老板坐在司机旁边的位置上,音乐似乎对他起了催眠的作用,他一副昏昏欲睡的样子。

车在穿过一个干涸的河滩时突然剧烈地颤动了一下,把车里所有的人都震醒了。

江央像是突然想起了什么似的拍了一下老板的肩膀说:"你不是要讲一段你自己的情感经历吗,我在心里一直惦记着哪。"

老板回头看了一眼坐在摄影师旁边的女孩说:"本来是可以讲的,但是现在车里坐了这样一个女孩子,我就不太好意思讲了。"

摄影师也催促道:"大老板,你就别做作了,痛痛快快地讲出来吧,我们都在等着听哪。"

老板看着前面的路说:"有个女孩子在身边,讲这种故事总是有些不自在吧。"

江央笑着纠正道:"不要搞错了,你要讲的不是一个故事,是你真实的情感经历。"

老板不好意思地回头笑了笑。

江央继续说:"其实也没什么的,车里都是大人了,不是小孩,再说你讲的也不是什么少儿不宜的事吧。"

老板还在笑着。

江央问司机:"司机,你多大了?"

司机回答说:"二十六。"

江央问摄影师:"你多大了?"

摄影师回答说:"我啊?我今年二十八岁。"

江央问女孩:"姑娘,你今年多大了?"

女孩低下头不说话。

江央笑着说:"我们不能看你的脸,知道一下年龄应该不会有问题吧?"

女孩想了一会儿说:"我今年二十岁。"

司机和老板都回头看了一眼女孩。

女孩依然低着头。

江央就笑着说:"老板,你都听到了吧?在座的都是成年人,这下你就可以放开讲了吧?"

老板想了想突然问司机:"你是什么文化程度?"

司机笑着说:"老板,你是知道的,我是一个初中毕业生。"

老板又回头问摄影师:"你是什么文化程度?"

摄影师笑了笑说:"老板,你问这个干吗呀?我是大学毕业。"

老板问江央:"你是什么文化程度?"

江央严肃地说:"我和摄影师是同一年同一个学校毕业的,我也是大学文化程度。"

老板问女孩:"姑娘,你是什么文化程度?"

女孩想了想说:"我可没有什么文化程度,我小学毕业后就在家了。"

老板笑了笑说:"还说没有什么文化程度,没想到你的文化程度比我还高哪,我连个小学一年级都没上过。"

又笑着对司机说:"你老是吹你上过学,有文化,你看人家导演和摄影师都大学毕业了,还这么谦虚,以后可要向人家学着点,要知道,汉族有个成语叫什么来着,就是那个山外有山,天外有天啊。"

江央忍俊不禁地笑了:"你啰里啰嗦、怪里怪气地问这么多,还乱用成语,你到底想说什么呀?"

老板也笑着说:"你看,你们都是小学、初中、大学毕业的有文化的人,都是那个山外边的、天外边的人,我什么学都没上过,你们这不是成心要笑话我这个没什么文化的人吗?"

司机对着老板说:"老板,你今天这是怎么了,你以前不是把这个故事给别人讲了许多遍吗?"

司机马上又回头对江央说:"今天我们的老板很做作,他以前有好多次是求着人家听他的故事的。"

摄影师对着司机说:"你又说错了,这不是一个故事,这是他真实的情感经历。"

说着笑了起来。

江央也忍不住笑了。

老板说:"在你们这些知识分子面前讲这样的故事我真是有点心虚啊。"

这下司机也学着说:"这不是一个故事,这是你真实的情感经历。"

老板也笑了,说:"那我就讲讲吧,反正人也不多,不过我真的还是有种紧张感。"

江央笑着说:"这下就对了,制造了那么多悬念,想听这个故事的愿望也更大了。"

江央接着又马上说:"你看看,我又说错了。"

这次,女孩也笑出了声。

老板说:"不用再纠正了,你们就当是一个故事来听吧。"

摄影师说:"求你了,大哥,快讲吧。"

老板严肃地说:"没讲之前我要做一个郑重的声明。"

江央不笑了，问："你又在卖什么关子？"

老板一本正经地说："我以前是一个喇嘛。"

江央又笑了："哈哈，这下故事的悬念更大了，一个喇嘛的爱情故事。"

老板还是一本正经地说："你可不要胡说啊，那是我还俗以后的事情。"

江央说："我觉得这事有点意思，我让摄影师拍下来你不会有意见吧。"

老板说："你看，这下弄得更复杂了，你们这些知识分子就是毛病多，你让我随便讲我都有点紧张，你拿这么个东西对着我我能自在吗？"

江央说："刚才不该对你说啊，没事，你就当是没有这个东西吧。"

老板说："你这不是骗人吗？"

这时，其他人都不耐烦了，纷纷说："快讲吧，快讲吧。"

老板做出要讲的样子。

摄影师把摄像机对准了老板。

老板好像不知道怎样开始故事的讲述。

江央等了一会儿见老板不讲就问："是不是一时想不起来了？"

老板说："当然能想起来，这个故事在我心里就像流水一样顺畅，哈哈。"

江央问："是因为讲的次数太多吗？"

老板说:"是的,这个故事我讲了很多次。那时候我对别人讲这个故事不是现在这个样子的,是带着痛苦、带着感情的。"

江央笑着说:"那你就像以前一样带着痛苦、带着感情地讲吧。"

老板笑着开始了讲述:"那次我是准备去拉卜楞寺的,赶到车站时已经是下午了,没有班车,就在车站旅社住下了。我住下之后就去买票,买票时旁边有个女孩也在买票。那个女孩戴着一副近视眼镜,穿着一件水獭镶边的羔皮藏袍,看上去十七八岁的样子,很漂亮。"

江央问:"你是说那个女孩戴着一副近视眼镜?"

老板说:"是的,她戴着一副近视眼镜。后来才知道她是一个学生。不知为什么我那时对知识分子心里有一种好奇感,我觉得她很像一个知识分子。我小心翼翼地问她去哪里?她说她去拉卜楞寺。我说我也去拉卜楞寺,是同路。她用异样的眼神看了看我,那个眼神我到现在也忘不了,就好像是什么秘密被她看穿了。我不好意思起来,把脸转了过去。过了一会儿我又忍不住回头说今天去拉卜楞寺的车没有了,只好住下了。她说她知道今天没车。我又没话可说了,转过脸去。等快轮到我买票时,她突然问我你住在哪里。我说我住在附近的车站旅社里。她问我那儿安不安全,我说我不知道,我也是第一次住。她笑了笑说那我也住那儿吧。当时我不知怎么回答好。等我买上票后我就在一边等她。她看见我在等她就冲我笑了笑,我也冲她笑了笑。不一会她买上票了,我们就到门口的一个饭馆去吃饭。我们一边吃饭一边聊。我问她你是个学生吧,她说是。我问她在哪儿读书,她说她在州中学。我说你既然是学生,不好好读书,跑到拉卜楞寺去干什么。开始她笑着不回答,最后才说她去年就高中毕业了,考大学没考上,今年又在上补习班准备复考。我说那你应该更加好好复习啊,她笑着说我都不担心,你担心什么。我想想也是,但我还是说好好复习总比这样跑来跑去好吧。她不好意思地笑了一下说老实讲我的学习很差,我是想去拉卜楞寺求佛好好保佑一下我。我说噢我明白了,没再问。吃完饭她要自己付钱,我没让她付,我帮她付了。她很不好意思的样子。后来我们就去给她登记了房子,住下了。"

江央笑着问:"你们就那样住在一起了?"

老板马上解释说:"你误会了,我们是分开住的,没你想象的那么快。"

接着,老板又叹了一口气说:"唉,说起来这些事就像看电影一样一幕幕清晰地浮现在眼前。"

江央笑着催他:"不要再感叹了,赶紧往下讲吧。"

老板又开始讲了:"第二天我们就按时出发了。我们挨着坐在一起。走到半路她开始晕车,我就想方设法照顾她。后来她好像好点了,就慢慢睡着了。我想着要照顾她,就坚持着没睡。后来她不知是有意的还是无意的,慢慢地把头靠在了我的肩膀上。后来我多次问她,她也笑着没说。我用手托了一会儿她的额头,就顺势将她揽到了自己身边,做出很关心的样子,哈哈。再后来,她也索性拨开长发把脸贴在了我的胸膛上,当时的那种感觉非常非常特别。就这样我们到拉卜楞寺时,已是中午了。我就带她去大经堂帮她许愿,帮她点酥油灯,我还找了一个认识的喇嘛帮她念一些心想事成的经文。她很高兴,说要是这样也考不上大学她就没什么后悔的了。晚上我们去登记住宿,就这样我得到了她。她在外面很少说笑,进了房间就变得有说有笑的。平时我不是个太勤快的人,可是为她我变得勤快起来了,我抢着为她洗围巾之类的,甚至她身上一根毛都不让粘,好让她干净,让她漂亮。

"到了第二天,她要去州上的学校,我去送她。我给她买了车票,把她送上了车。当时离开车还有一段时间,她说她不想去学校了,求我把车票给退了。我说这坚决不行,你还要考大学,必须要好好复习。她还是求我把票给退了,我说我过几天再去看她。那时她已经泪眼婆娑了,依依不舍的样子。其实,我心里也舍不得让她离开。就在班车快要开了时,她问我你真的不退票吗,我坚持说我不退。她突然拿出票撕碎撒到窗外,跑出来抱住了我。我真的没想到她会这样,但是当时我真的很高兴,很感动。就这样,我们又在拉卜楞住了几天,我们已经难舍难分了。"

江央笑着说:"你们很疯狂啊!"

老板也笑着说:"嗯,我也觉得。那时我想,这个世界上不会再有比她更好的女孩了。"

江央"哈哈"地笑了两声。

老板也笑了两声说:"是啊。那时心里全是她的影子,我不想跟任何女人说话了。我们甜甜蜜蜜地住了几天，手头那三四百块钱，又是买东西，又是住店，又是吃饭，很快就花完了，最后只好拿她仅有的五十块钱买了车票，她去了学校，我回了家，就这样分手了。我们分手时，她已经泣不成声了。我以为以后再也见不到她了。可是在正月十五祈愿大法会时我又遇到了她。"

江央疑惑地问："又遇见了？没有任何事先的约定吗？"

老板说："没有没有，那时候也没有电话，通讯不方便嘛，那个时候人们多半用写信的方式互相联络，我只是给她留了一个我的地址。跟她分手回家后，我心里也是很难过，平时也不想跟人说一句话。几天后，我就用马车拉着我们家的大豆到附近的村子去换麦子。大概过了一个星期，我把换好的小麦拉到县粮站卖了，回到村里经过村委会时看见几个小孩在门口的小卖部玩，其中有个小孩在叫我：阿克多贝！阿克多贝！有你一封信！我心想一定是她的，就问：这封信来了几天了？他说：已经三四天了。我生气地问这么长时间了你们为什么不及时给我，他说你不在村里怎么给你。我想想也是，就没跟他争辩，激动地赶紧拆开信看。果然是她写来的。她在信上写了我很想你，真的很想你之类的话。"

江央问："信是用藏文写的吗？"

老板不假思索地说："是用藏文写的，字写得很漂亮。"

江央问："能记起信的详细内容吗？"

老板想了想说："具体记不起来了，反正写得很感人，文笔也很好。主要是说很想我，并且说每当想我时她就到学校后面的山上去静静地想,悄悄地流泪。看到这些,我当时就想见到她,没回家,让一个小孩把马车赶回家里,拿着用大豆换来的本该是家里一年收入的六百多块钱直接去找她了,直接到她上学的地方找她,哈哈哈。"

江央问:"你是拿着信去的吗?"

老板说:"当然是拿着信去的。信上还说为了你,她就是抛弃父母,抛弃亲人也是愿意的,就是跟你乞讨一辈子也要和你在一起,她写得真好啊!"

对面驶来的一辆大卡车发出刺耳的喇叭声冲了过来,司机有点紧张地减速让那货车。等那辆大卡车从身边呼啸而过之后,司机回头恶狠狠地骂了一句什么。

因为在气头上,司机加大油门向前冲去,老板也紧张地看着司机不说话。

很快,他们就到了一个村庄,不远处出现了一排佛塔。

江央对摄影师说:"前面这些佛塔挺特别的,你赶紧把它拍下来吧。"

在佛塔边上,司机停下了,摄影师打开窗户往外拍。

拍了一会儿之后,摄影师说:"差不多了吧。"

江央说:"应该差不多了,咱们走吧。"

车向前开去,江央看着老板说:"老板,继续你的爱情故事吧。"

老板正要开始讲述时,他的手机响了,手机铃声是歌曲《最近比较烦》。

铃声响了好一会儿之后,老板才从裤兜里摸出了手机。

他把手机拿到耳边听了一会儿后说:"好好,我们大概有半个小时就到了,我们到了直接去找你们。"

老板很艰难地把手机装进裤兜后回头说:"我们快到尖扎县了,我一个朋友要为我们接风,还说有一个很有表演天分的年轻人想试试能不能在咱们的电影里演一个角色。"

江央不无遗憾地说:"你的爱情故事真是好,我们就不用吃饭了,听你讲完吧。"

老板笑着说:"吃饭要紧,吃饭要紧,我们还是先去吃饭吧,故事等上路了再讲,我们的路途又遥远,我又跑不了,而且还可以给你们解解闷。"

司机也笑着说:"这个故事听都听烦了,还是先去吃饭吧。"

司机也不听别人的反映,突然加大油门飞驰起来。

到县城附近的一个水泥桥头时,摄影师终于忍不住地说:"尿实在是憋得不行了,能不能停一会儿解个手。"

司机笑了笑把车停在了桥头。

几个人便下车走向桥的一侧比较隐蔽的地方。

女孩也下车了,她只是站在桥头手扶栏杆低头望着桥下面混浊的流水。

江央正要解开裤腰带准备撒尿时,手机响起来了:"阿爸,来电话了。阿爸,来电话了。"

江央又系上了腰带,拿出手机离开他们到桥的另一头接电话。

江央接电话的声音被河水淹没了,几乎什么也听不见。

他们都依次上车了，从车窗里看江央打电话。江央打电话的样子有点烦躁不安。

江央终于打完电话了。他装上手机，忧心忡忡地回到车里说："咱们走吧。"

大家也不说什么，司机发动车离开了桥头。

5

夜幕渐渐降下来时，他们也聚在一家餐馆的某个包间里了。

老板喝了朋友敬的酒后，突然记起什么似的问："刚才你在电话里说的那个很有表演天分的小伙子是谁呀？"

老板朋友指着对面的一小伙子说："就是他。"

小伙子站起来对着导演、摄影师、司机、老板点了点头，最后看了看用红头巾蒙着脸不吃饭的女孩点了点头说："我叫旦正加，请多多关照。"

老板问小伙子："听说你很有表演天分，你都会演些什么呀？"

小伙子看了看江央说："我会做各种各样的表情。"

老板说："那你表演一下给我们看看吧。"

小伙子离开了饭桌，马上进入了表演状态，和刚才判若两人。

小伙子做出了各种各样非常丰富的面部表情，用肢体语言配合着，就更显精彩了。

等表演结束时,大家都忍不住哈哈大笑着,蒙面女孩也忍不住偷偷地笑着。

看着摄影师也在笑个不停,江央生气地说:"你在那里傻笑什么,你赶紧拍下来啊,咱们不是来挑演员的吗?"

摄影师赶紧架起了摄像机,准备要拍。

小伙子的脸上又恢复了严肃的表情。

老板忍住笑对着小伙子说:"光弄几个表情怎么拍电影啊,你还会些什么?"

小伙子笑了一下没说什么,看了看江央。

江央说:"你的表情很丰富,你还会些什么就尽量表现出来吧。"

小伙子很认真地说:"我还会模仿卓别林。"

江央有点意外地问:"什么?卓别林?他可是表演天才啊,那你赶紧模仿一下吧。"

老板一脸疑惑地问:"别林是谁啊?"

江央笑着说:"不是别林,是卓别林。卓别林是美国的一个大演员,看他表演你也许就知道了。"

老板还是一脸疑惑的样子:"我一个喇嘛出身的,哪能知道那么多啊。"

江央对小伙子说:"那你就表演吧。"

小伙子看着江央有点为难地说:"就在这儿表演吗?"

江央有点讥讽地说:"是不是这儿空间太小,你表演不开啊?"

小伙子看了看饭桌前面的空地,很认真地说:"是有点小。"

江央就站起身说:"来来,各位,我们把饭桌往后挪一挪吧。"

江央见摄影师一直在拍蒙面女孩,就笑着说:"喂,光拍姑娘干什么呀?你也去帮忙搬一下桌椅吧。"

摄影师也笑着收起摄像机,帮忙搬桌椅。

大家把饭桌和椅子都搬到了后面的墙根里。

看着前面空出了一大块空地,江央看着小伙子说:"现在可以表演了吧?"

小伙子点了点头,走到门后面,背身从一个包里取出一套服装穿在身上,然后又稍稍打扮了一番,等他转过身来时,活脱脱一个卓别林就出来了,还没表演就博得了大家的掌声。

小伙子模仿的是卓别林的电影《摩登时代》中的一些经典动作,很精彩,每一个动作都非常的神似。

老板的鼓掌更加起劲,大声说:"太有意思了,太有意思了,这下我知道卓别林是个什么了。卓别林这家伙很有意思,回去一定要找他的电影看看。"

江央对小伙子说:"你很有表演天分,模仿的能力也太强了,你演过藏戏吗?"

小伙子说:"我没演过藏戏,但我可以学会。"

老板对江央说:"他演得真是好啊,你就让他在你的电影里演一个角色吧。"

江央想了想说:"他不太适合演智美更登,但是我会给他安排一个合适的角色的。"

大家鼓掌，把饭桌恢复到了原来的位置。

老板和老板朋友对小伙子说："来来，恭喜恭喜，把这杯酒干了。"

说着将一大杯白酒递给了小伙子。

小伙子说了声"谢谢"就将那杯酒喝干了。

老板朋友又举起酒杯给蒙面女孩敬酒，蒙面女孩只是摇头不说话。

老板朋友又让蒙面女孩吃饭，蒙面女孩也只是摇头不说话。

老板朋友有些好奇地看着老板说："跟你们同行的这位姑娘一直蒙着脸，又不说话又不吃饭的，这可不好啊。"

老板笑了笑说："这个你就不要管了，这是我们的一个秘密。"

老板朋友笑着说："你们不会是在拐卖人口吧，要是这样公安局长可是我的小舅子啊。"

老板笑着对女孩说："姑娘，你不要在意他胡说八道了，你若觉得不方便就到外面自己随便吃点东西吧，外面人不多。"

女孩"呀"了一声出去了。

老板朋友看着女孩出去之后说："真是邪门啊，来来，不管那么多了，咱们喝酒。"

老板朋友看着小伙子说："赶紧给导演敬个酒吧，这可是非常难得的机会啊。"

小伙子端着一杯酒过来对江央说:"导演,我敬你一杯酒。"

江央也站起来说:"你就不用敬了,咱们碰一杯吧,你很有表演天分,希望以后有合作的机会。"

小伙子也没多说什么,仰起脖子就把手里的酒给干了。

待两人坐下之后,老板朋友说:"我听说县藏剧团一个退休在家的演员以前演过智美更登的父王,不知你们需不需要这样的角色。"

江央说:"正好需要,我们明天能见到他吗?"

老板朋友说:"应该能见到,我认识他,明早我带你们去,今晚咱们就好好喝个酒吧。"

随后,老板朋友就逐个和每个人划拳喝酒,酒桌上也热闹起来了。

饭馆外面昏暗的路灯下面,蒙面女孩望着街道上来来往往的行人,很孤单的样子。

6

早晨,他们往藏戏团的退休演员家走时,都显得有点无精打采。好在退休演员家离他们住的地方不远,很快就到了,而且他也正好在家里。

老板朋友介绍说:"这几位是拍电影的,他们在找演过《智美更登》的演员,他们听说您以前演过智美更登的父王,我们就专门找来了。"

退休演员很高兴地跟大家握手后说:"我也是从民间的藏戏班子里招到县藏剧团的,可是很遗憾我从来没有演过《智美更登》,我倒是演过八大藏戏中的《苏吉尼玛》,退休前我还演过一个现代藏戏叫《悲惨的黎明》。"

江央看着退休演员的举动说:"那您就随便选一段《苏吉尼玛》演吧。"

退休演员想了想说:"我还是演现代藏戏《悲惨的黎明》吧,这部戏我是主演,我演的是一个头人,而且台词都记得。"

江央说:"好好,那您就演您觉得最精彩的一段。"

退休演员穿着便装开始了表演。

退休演员一副飞扬跋扈的样子,跟刚才那个平易近人的老头判若两人,指着前方的某个地方说:"哼哼哼,才让东主,你这个兔崽子,我以前给你吃、给你穿,你现在长大了,居然忘恩负义,跟我头人作对,看我怎么收拾你!"

接着退休演员作摔倒状,装作才让东主的样子说:"你才是兔崽子呢!"

之后,又恢复成前面飞扬跋扈的样子说:"哈哈哈,谁是英雄,谁是凶手,只有我多杰说了算!你进了嘎荣部落的监狱,做让我千户多杰不高兴的事,我一定会活剥你的皮!抽掉你的筋!哈哈哈!"

此时,坐在院子里看他表演的几个小孩已经忍不住笑得前仰后合了。

摄影师、女孩、司机、老板、老板朋友都忍不住在偷偷地笑。

江央忍住笑给退休演员鼓掌,并说:"您的表演很有感染力啊。"

听到江央的掌声和赞美,退休演员很高兴,有点自负地说:"因为这个角色,我还得过省上的优秀演员奖哪。"

江央对他的表演又夸赞了一番后问:"你们县藏剧团还有可以推荐的演员吗?"

退休演员说:"县藏剧团去年正好招了十几个年轻演员,条件都不错,你们可以去看一看。"

江央说:"好啊,反正我们的演员还没有定下来,就过去看看吧。"

退休演员很热情地说:"你们要去的话,我跟团长联系联系吧。"

说着从上衣口袋里掏出手机摁了几个号码拨了起来。

拨了几次之后终于拨通了,退休演员大声说:"怎么老是占线啊,这里有几个拍电影的在找演员,你把去年招的那些演员都叫一下,我马上带他们过去。"

说完呀呀了几声后就把电话挂上了,转身对江央说:"刚才接电话的是藏剧团的团长,我已经说好了,我们过去看吧。"

江央说:"谢谢,谢谢,麻烦您了。"

退休演员说:"看你说的,都是同行,这么客气干吗?"

老板的朋友对退休演员说:"我认识你们的团长,我可以带他们去,就不用麻烦您了。"

老板也说:"那就不用麻烦您了,您好好休息吧。"

退休演员就把他们送出了大门。

7

他们赶到县藏剧团时,团长早已把演员们召集到了排练厅里。

老板朋友给他们互相做了介绍之后,团长对江央说:"我们的演员基本上都在这里,你们看一下吧。"

江央说:"先让他们不受拘束地做一些动作吧,就像平常练功时一样。"

团长走过去跟演员们交代着什么。

演员们开始像平常一样做着各种动作,摄影师则拿着摄像机到他们中间不停地拍着。

江央观察了一阵之后对团长说:"让男女演员各站成一排,各自跳一段舞吧。"

团长过去让男女演员站成了两排,先让女演员们表演。

伴奏的音乐响起之后,女演员们跳起了藏族某个著名舞蹈的片段。

江央站在前面观察着她们的表演。

那段舞不算长,很快就结束了,导演让她们站成一排说:"你们中的第二、第三、第五、第七个,向前走一步,其他的就可以休息了。"

四个女孩出列了,其他几个过去坐在旁边的长凳上一边嗑瓜子一边看着他们。

江央问第一个女孩："你以前演过藏戏吗？"

女孩说："没有。"

江央问："你会不会藏文？"

女孩扭扭捏捏地说："会。"

江央说："那你朗诵一首藏文诗吧。"

女孩想了想说："我朗诵一首初中课本上的诗行不行？"

江央说："可以。"

女孩感情充沛地开始了朗诵：

太阳挂在蔚蓝的天空，
峰顶覆盖皑皑的白雪，
难忘故乡那郁郁葱葱，
如少女般的万种风情。

依然想起花季的少年，
骑着高高傲视的骏马，
踏着晨曦晶莹的露水，
赶着羊群走向了草场。

女孩朗诵完就跑到一边的凳子上坐下了，害羞地用手遮住了脸。

江央笑了笑问第二个女孩："你以前演过藏戏吗？"

女孩说："没有。"

江央问:"你会唱歌吗?"

女孩说:"不会唱歌。"

江央又问:"会藏文吗?"

女孩说:"会一点。"

江央说:"那你朗诵一首藏文诗吧。"

女孩说:"我不会诗歌。"

江央疑惑地问:"不会诗歌?"

女孩说:"不会。"

江央问旁边的团长:"你这儿有文学或者诗歌杂志吗?"

团长有点尴尬地说:"可能没有,我去找本藏文书吧。"

说完团长过去翻几个办公桌的抽屉,弄得很响。最后拿来一本杂志说:

"这儿有本《西藏艺术研究》,不知行不行?"

江央说:"可以可以,你给她吧。"

团长走过去把杂志给了女孩。

江央看着女孩说:"你随便挑一段念一下吧。"

女孩把杂志翻了很长时间之后,按住一页说:"这有《诗学明鉴》里的一首诗,我念这个吧?"

江央说:"念吧。"

女孩几乎用杂志遮住了整个脸,从杂志后面发出了细微的声音:

喉间发出美妙音,

眼神迷离游四方,

多情鸽子绕恋人,
身心愉悦吻香唇。

念完就停下了。

江央想了想说:"这个有点短,再念一段吧。"

女孩又把杂志翻了好长一段时间之后说:"那我就念《萨迦格言》吧。"说完自顾自地念了起来:

匮乏智慧之嘴,
犹如地头鼠洞,
智慧修饰之嘴,
犹如莲花盛开。
……

第三个女孩上来就是一段很夸张的藏戏表演,表演时因为用力过度而摔倒在地扭伤脚,被两个女孩扶了下去。

江央问了几个简短的问题之后,第四个女孩就唱了起来:

羊卓雍措湖边,
雏鸟跟着鸳鸯,
幼鸟莫要鸣叫,
让我思念故乡。

歌总算唱完了，但老是跑调，高音也唱不上去，唱完之后自己也大笑起来。

江央将这几个女孩的名字、年龄、电话记在记事本上，让她们下去了。

之后，又和男演员们进行了简短的交流。男演员也不甘示弱，上来就表演了一段充满阳刚之气的舞蹈。

表演结束之后，江央选出三个男孩让他们单独表演节目。

第一个男孩很古板地表演了一段藏戏，中间还接了一次电话。

第二个男孩上来就是一段弹唱，用手作弹龙头琴的样子。

第三个男孩显得很紧张，含糊地背了一段台词就下去了。

江央将这三个男孩的名字、年龄、电话记在了记事本上。

之后江央问蒙面女孩："你觉得他们演得怎么样？"

蒙面女孩看了看他们没有说话。

团长开口说："我们还有一个歌手，你也可以看看。"

说完招手让一个男孩过来。

一个鬈发的男青年摇摇晃晃地走过来站在排练厅中间。

江央看着他问："你以前演过藏戏吗？"

男歌手说："没有。"

江央问："会藏文吧？"

男歌手说:"会。"

江央说:"那你就唱一首歌吧。"

男歌手说:"那我用卫藏方言唱一首我自己写的歌吧。"

江央说:"好。"

男歌手拿起一把龙头琴,一边弹着一边唱了起来:

> 姑娘捎来情书,
> 字迹潦潦草草,
> 无法读懂内容,
> 却又不愿示人。
> 姑娘身在远方,
> 心中思念不断,
> 姑娘回到身边,
> 已是他人之妻。

歌手唱得很投入,蒙面女孩远远地看着他唱。

待唱完之后,江央夸赞了几句,笑着对团长说:"你们这里不是藏剧团吗,演员们好像不大会演藏戏啊。"

藏戏团长有点不好意思地说:"是啊,他们都是刚从民间招来的,条件、水平都参差不齐,我们也是打算在今年年底出一台像样的藏戏,不过还是有很多困难。"

江央指着蒙面女孩说:"像我们这次遇见的这个女孩唱得可非同一般啊。"

团长笑着说:"是吗?那就给我们唱一段吧。"

蒙面女孩赶紧摇头。

江央对着蒙面女孩说:"姑娘,你就唱一段吧。"

这时,老板也过来劝。

女孩犹豫了一下之后就唱了起来:

尊贵王子听我唱,
母子离别未谋面,
心头涌动慈母泪,
无意扰乱修止心,
苦思冥想心悲切,
为圆誓言随从之。

所有的人都被女孩的声音吸引住了,那几个坐在长凳上的女孩也停下嗑瓜子,静静地看女孩唱。

蒙面女孩唱完之后,团长的眼里露出一丝兴奋的光说:"好多年没有听到这么纯粹的声音了,唱得真是太好了!你干脆到我们团里来吧,我们现在就缺这样的人啊。"

蒙面女孩听了使劲地摇头。江央也过来劝,接着其他人也开始劝。蒙面女孩只是摇头不肯答应。

团长很无奈地摇着头说:"姑娘,那你考虑一下吧,考虑一下再说吧。"

蒙面女孩没做什么表态,团长就对着江央说:"我以前倒是演过《智美更登》。"

江央问:"是吗?演了什么角色?"

团长笑着说:"演瞎子婆罗门。"

江央看了看团长的样子问:"是吗?瞎子婆罗门?"

团长一本正经地说:"是。"

江央说:"那来一段吧。"

这样一说,团长认真起来了:"我想想看啊,台词也好像记不清了,就试试看吧。"

江央就在一边看他。

团长从旁边的道具堆里拿了一根棍子装做瞎子婆罗门的样子说:"尊贵的王子,请予施舍。"

一个男演员装做王子搭词:"现在我一无所有,拿什么施舍给你?"

团长紧闭双眼祈求道:"尊贵的王子,请把您的双眼施舍给我。"

男演员做把双眼施舍给婆罗门状。

团长揉了揉眼睛兴奋地看着女演员们说:"妙哉妙哉,这世上竟有如此多的美女啊!哈哈哈!我实在是记不起台词了。"

男女演员们也都哈哈大笑起来。

蒙面女孩一个人走出了排练大厅,也不理会她的同行的伙伴们。

江央也笑着说:"可以了,可以了,咱们就互相留个电话,常联系吧。"

团长把手里的道具扔到一边说:"好,好。"

江央握住团长的手说:"将来若真要拍电影,还要请你们多多帮忙啊。"

团长说:"好的,好的,我们一定会尽力的。"

江央等人和团长互相道别之后也走出排练厅去找蒙面女孩。

蒙面女孩在藏剧团门口等着他们。他们叫上女孩准备上车时,迎面走来一个人握住老板的手说:"来了也不提前打个招呼,我是刚刚才听说的,听说你们去了藏剧团就直接追来了,今晚一定要到我的歌舞大世界坐坐,而且我也知道你们在找智美更登的演员,我那儿有个歌手以前就是在民间演智美更登的,我还有点事情,咱们晚上见。"

这个人是老板的一个朋友,说话语速很快,在县城里开了一家歌舞厅。他象征性地跟导演等人打过招呼之后,就打了一辆的走了。

8

江央和老板他们赶到歌舞大世界时天已经完全黑了。歌舞大世界里乌烟瘴气,霓虹灯在闪烁个不停。老板见他们进来直接把他们迎到舞台正中前方的一组沙发上,沙发前的桌子上已摆满了小瓶啤酒、饮料和各种零食。

坐下之后,他们便开始喝酒,蒙面女孩在一边静静地看着舞台上的表演。

舞台上正在表演的是一个在民间非常流行的节目,一个穿着一套很古板的藏装的年轻人抱着一把龙头琴在弹唱《阿克班玛》，曲调悠扬动人，每一个字很清晰地从他嘴里行云流水般地流淌出来：

阿克班玛耶，
你是展翅翱翔的雄鹰，
你飞向云端是蓝天的荣耀，
你飞落悬崖是山峰的骄傲，
没有你心里总是空空荡荡。

阿克班玛耶，
你是金色羽毛的鸳鸯，
你漫步湖边是绿茵的荣耀，
你嬉戏水面是湖泊的骄傲，
没有你心里总是空空荡荡。

阿克班玛耶，
你是雄壮威武的汉子，
你转身离去是村庄的荣耀，
你回头走来是同伴的骄傲，
没有你心里总是空空荡荡。

唱完之后，大家热烈地鼓掌，女孩也在一边鼓掌。

歌手离开之后，上来一个主持人介绍道："下面将要登台献艺的是著名的现代摇滚歌手嘎贝，他把刚才那位歌手献唱的《阿克班玛》改编成了充满现代气息的摇滚版,受到了广大歌迷的欢迎,下面我们就用热烈的掌声请他演唱这首歌!"

一阵非常怪异狂躁的音乐之后,舞台上突然蹦出了一个黄发、墨镜、奇装异服的年轻人。

他在舞台上做了几个夸张的动作后,含混不清地说:"尊敬的各位来宾,大家晚上好!接下来呢,由我,为大家演唱一首摇滚版的《阿克班玛》,希望能够大家喜欢!祝大家今晚玩得开心,喝得尽兴,扎西德勒!OK!"

说完,他在舞台上摇摇晃晃地走了几步,嘴里还含混不清地说着什么。

突然间,迸发出了一阵急促的、震耳欲聋的音乐,接着他声嘶力竭地唱起了《阿克班玛》。他的身体随着他的头发在剧烈地摇摆着、颤动着。

除了从曲调上能听出一点是《阿克班玛》外,歌词上已经完全听不出来了。

江央等几个人停止说话喝酒,怔怔地看着。

唱了有两分钟之后,歌手的嗓子完全哑了,完全唱不出来了,大厅里响起了此起彼伏的口哨声和尖叫声。

歌手狂摔了几下话筒后,就从舞台上走入观众席中。

他边唱边跳在江央他们的席上绕了一圈又回舞台上大声地唱了起来。

歌舞大世界老板悄悄对江央说:"导演,怎么样,没想到我们这个巴掌大的地方还有这样的人才吧,他就是我说的演过智美更登的那个演员。"

江央笑着点了点头。

唱完之后,歌手把话筒扔到主持人手里,拿着一个啤酒杯过来了。

他举着杯子用汉语大声地说:"来,远方的朋友,我真诚地敬你们一杯,祝你们吉祥如意,扎西德勒!"

大家都起来跟他干杯。

老板笑着说:"来,你歌唱得不错,我单独敬你一杯,就是一直没听懂你到底在唱什么。"

歌手很严肃地用藏语说:"你无须听懂什么,你听到什么就是什么,你想到什么就是什么。"

之后,他们狠狠地碰杯。

歌手太用力,把手中的杯子给碰碎了。

老板有点生气地说:"我好心给你敬酒,你这是什么意思?"

歌手说:"没什么意思,就是跟你碰杯啊,可能是我太有激情了吧。"

说着,从桌上随便拿起一杯啤酒和老板碰杯喝干了。

老板有些不快地喝干坐下了。

歌舞大世界老板悄悄对老板说:"不要介意,这家伙不知在哪儿灌了马尿,有点醉了。"

老板侧过身没有理他。

歌手坐在江央旁边说:"你是导演吧,听说你们在找一个演智美更登的演员,是吧?"

江央问:"听你们老板说你以前演过智美更登,是吗?"

歌手说:"那已经是好几年前的事了。"

江央问:"你现在还能演吗?"

歌手说:"故事还记得。"

江央问:"那你现在能唱两段吗?"

歌手说:"那些唱词基本上已经记不起来了。"

江央说:"没事,你就随便来一段吧。"

歌手说:"你让我演智美更登的话我是坚决不演的。"

江央问:"为什么?"

歌手说:"不为什么!因为我不喜欢智美更登这个角色。"

江央问:"你为什么不喜欢?"

歌手说:"你觉得《智美更登》表现了什么?"

江央想了想,看着歌手说:"表现了无与伦比的慈悲、关怀、宽容和爱。"

歌手怒道:"千篇一律的回答,问谁也这样说。"

江央一时语塞,说不出话来。

歌手喝了一口酒,趁着酒兴说:"智美更登他把自己的眼珠子施舍给别人,那是他自己的事,我们管不着,但是他凭什么把自己的老婆和孩子也施舍给了别人,他哪来的这样的权力,谁给了他这样的权力?"

江央说:"这可能是理解上的问题,也许你不应该这样理解这出戏。"

歌手有点火了:"你别跟我来这一套,好歹我也是个藏学专业毕业的大学生,要说藏文化,也许你还没有我懂得多哪!"

江央笑着说:"你可能喝醉了。"

歌手很激动地说:"我还是个优秀毕业生哪,可是到社会上,我连个工作都找不到,这不值得我们反思吗?"

歌舞大世界老板站起来说:"你有点醉了,收一收吧。"

歌手扶着歌舞大世界老板的肩膀说:"你还可以,总算是在做一些自己的事情,你看看咱们的那些寺院、那些寺院的喇嘛,整天默守成规,也该考虑考虑自己的处境了。"

老板一下子站起来用力推了一下歌手说:"小子,你灌了一点马尿,拿寺院和喇嘛开什么玩笑?"

歌手看着他说:"我说一下他们怎么了,我又没有说你。"

老板气呼呼地说:"你说寺院和喇嘛就等于是在说我。"

歌舞大世界老板把他俩给劝开了。

歌手给安顿到了蒙面女孩的旁边,不让他喝酒。

歌手从桌上抢过一杯啤酒干了,看着蒙面女孩说:"姑娘,你好神秘啊,一直裹着个红头巾,不让人看到你的真面容,何不露出你的真面目和我好好喝杯酒哪。"

女孩使劲摇了摇头。

歌手哼唱了一首小曲说:"姑娘,你身上淳朴的气息深深打动了我,我们随便聊聊天吧。"

女孩点了点头。

歌手问:"你是做什么的?"

女孩说:"我在乡下,我也跟你一样演过《智美更登》。"

歌手有些意外地问:"你演什么?"

女孩说:"我演智美更登的妃子曼达桑姆。"

歌手笑着说:"那你就等于是我的妃子啊。"

女孩点了点头。

歌手又说:"那我一定要看看你的脸。"

女孩赶紧摇了摇头。

歌手说:"我都可以把你施舍给别人,现在看看你的脸总可以吧?"

女孩使劲摇了摇头。

老板一直斜眼瞪着摇滚歌手。

歌手问蒙面女孩:"那你跟着这些人干什么?"

女孩说:"我去看我以前的男朋友。"

歌手问:"以前的男朋友?"

女孩说:"对,以前的男朋友,他现在不要我了。"

歌手问:"那你还去看他干吗?"

女孩摇了摇头,不说话。

这时,老板凑过脸来大声说:"傻蛋,人家是为了爱情!"

歌手看着老板鄙夷地说:"哼,这个年代你们还相信有什么爱情吗?"

老板很生气地说:"连这个都不信,你活在这个世上还干什么?这不是连畜生都不如了吗?"

歌手一下子站起来了:"哼,别以为昧着良心赚了几个黑钱就可以对别人胡说八道！搞清楚自己是个什么东西！"

老板站起来冲过去准备打歌手，但被旁边的几个人给拉住了。

歌舞厅老板见气氛不对，就叫几个服务员把歌手给拉走了。

歌手边走边回头还在嘴里含混不清骂着什么。

9

切诺基在大草原上行驶着。

车里的几个人都显得有点萎靡不振。

几只羊挡住了路，司机使劲打喇叭。喇叭把几个人都吵醒了，都看着羊慢吞吞地过去。

待几只羊过去之后，老板回头说："昨晚那歌手简直是疯了，说是要去外面带一帮他的哥们修理我，最后被歌舞大世界的老板关到了调音室里才算没事，不过我才不怕哪，有本事跟我单打啊。"

江央也揶揄道："人家还是个大学生哪。"

老板"哼"了一声说："大学生？他那样也算是大学生的话，那我早就是大学生了，我的大学是在社会上上的，而且我的小学、中学是在寺院上的哪。他老是吹他怎么懂得藏文化，我可没见他有怎么高深的学问！"

江央笑着说："那你的大学和高尔基的《我的大学》差不多啊，就是你们都没有毕业证书啊。"

老板也笑了:"哼,要差也就差这点了。"

江央、摄影师、司机都哈哈地笑着。

等大家笑得差不多了,江央说:"老板,现在该讲你的爱情故事了吧,我们都惦记着哪。"

老板想了想说:"你们真的想听吗?我还以为你们不想听了哪。"

摄影师也说:"赶紧讲吧,我正等着拍哪。"

老板说:"好吧好吧,那我就讲吧。"

之后又停住问:"昨天我讲到哪儿了?"

女孩好像是早有准备似的说:"讲到你拿着信去找那女孩。"

老板笑了:"哈哈,没想到你还记得那么清楚啊。"

看见摄影师把摄像机对准了自己,就说:"你最好还是不要拍了。"

江央没理他,问:"你是还俗后的第几年遇见那个女孩的?"

老板也就回头看着前面说:"第二年。我是一九九二年还俗的,就是恰卜恰水库垮坝事件那一年。我和那个女孩就是在水库垮坝的第二年相遇的。我二十二岁还俗,二十三岁遇到她,那段恋情从元月开始到年底结束,就短短的一年时间。"

江央问:"你当了几年的僧人?"

老板说:"我当了八年的僧人。我们那个寺院是一九八一年重新修建而成的,新寺落成大典时,附近村庄的好多孩子都出家了，我也是那一年出家的，那年我十四岁。我十七岁开始闭关修行三年，二十岁出关，当时为了扩建寺院我和几个年轻的僧人到各地化缘，二十一岁回来，回来后和寺院的一些人有了矛盾，一气之下就出来还俗了。"

江央问："主要是什么原因？"

老板说："那年为了扩建寺院我去了很多牧区，也化到了许多善款，我省吃俭用把化到的钱一分不少地交给了寺管会，但是有些人说我在牧区以寺院的名义敛财，花天酒地等等，我好心得不到好报就还了俗。主要原因是我一心为寺院操劳，却得不到他们的理解。后来我听别的僧人说活佛还老是挂念这件事，说我当时是被冤枉的。只要活佛这样认为，我心里也就踏实了。"

江央问："你当时还俗以后有什么明确的目的吗？"

老板说："刚还俗时没有什么目的。觉得丢人，就流浪到了西宁，找找熟人，为商人干点杂活什么的。想起来真是苦得很呐！刚到西宁时我胆子很小，不敢抢，又不想偷。小混混们都叫我'阿卡'，他们说，你这样不能养活自己，跟我们去偷吧，跟我们去抢吧。我说这个我是坚决不干的，但是说实话我花过他们偷来的钱，吃过他们偷来的东西，但是自己从不偷从不抢。这也是如今好多商人都信任我的原因。我曾有过两天两夜只吃过一碗面片的日子。由于没钱住店，整晚在大街小巷晃悠，见扫大街的人出来了，我就高兴起来了，因为知道天就要亮了。"

江央问："当时你家里人不知道你已经还俗了吗？"

老板说:"当时不知道,后来家里人也知道我还俗了,也知道了我在西宁,我的父亲和弟弟到西宁找到我,把我领回家了。那时我们村里出家的只有我一个人,当时我父亲一见到我就埋怨说:'啊嘀嘀,我阿尼切巴连拥有一个出家僧人的福气都没有了。'我父亲叫阿尼切巴,我们村叫姆佳村。我就笑着对我父亲说:'姆佳村都没有拥有一个出家僧人的福气,你阿尼切巴一个人哪有那么大的福气啊。'哈哈哈,现如今我这句话已经成了十里八乡茶余饭后的笑话了。"

江央问:"你们村子就你一个僧人?"

老板说:"是。以前就我一个出家当僧人的。听说现在有两三个,以前就我一个。当时把我领回家后就让我劳动,说实在的,我当了那么多年的喇嘛,一下子干不了那么繁重的体力活。再加上我们家乡穷,经常到林场找活扛扛木头之类才能换点钱来。我实在受不了这些,就经常找各种理由往外跑。那次也是家里让我去拉卜楞寺做些法事才遇见那个女孩的。"

讲到这里,老板突然让司机停下车,慢慢倒回去。

司机慢慢倒车。

司机停下车后,老板有点神秘地指着窗外悄声说:"你们快看窗外。"

司机摇下左侧的车窗。

窗外的草原上羊群散落一地,中间有一对年轻男女俯卧在草地上,头挨着头,很亲密的样子,丝毫没有注意到路边的车辆。

看到这情景，大家都屏住呼吸，静静地看着。

一会儿之后老板说："看看这一对年轻人，沉浸在爱情的海洋里，多么的令人羡慕啊。"

江央也感慨道："在荒无人烟的大草原上突然见到这样的情景，真是令人激动不已啊。"

老板也感叹着说："昨晚那个傻瓜大学生还说现在没有什么真正的爱情，他真的是什么都不懂，其实爱情就是这样一种很神秘的感觉。"

大家还在看着那一对草地上的恋人。

老板对司机说："咱们悄悄地走吧，不要惊动了他们。"

车往前开了一会儿，江央的电话响了："阿爸，阿妈来电话了。阿爸，阿妈来电话了。"

江央拿出手机"喂"了几声之后，拍了拍司机的肩膀说："司机，停一下，我去接个电话。"

车立即停下了，江央走出去站在马路边接电话。手机里老是传出"不在服务区。不在服务区。不在服务区"的声音。江央换了几个地方，手机里传出的还是那个声音。

老板看着在车前不停地走来走去的江央问摄影师："你们的导演怎么一路上电话不断呢，是不是有什么重要的事？"

摄影师也看着在马路上很滑稽地走来走去的江央，含糊其词地说："没什么大事吧，可能是家庭内部的什么事吧。"

一辆大货车从对面冲过来，像是要撞了江央。老板等人很紧张地喊江央赶紧躲开。

江央刚退到路边，那辆大货车就从他旁边呼啸而过了，里面的司机还用怪异的眼光看了一眼他。

江央回到了车里,手机里还是"不在服务区"的声音。

坐下之后,江央把手机装回了兜里,说:"这个地方连个信号都没有,咱们走吧。"

老板看了一眼江央,想说什么又忍住了。

重新上路之后,摄影师笑着对老板说:"老板,既然爱情是那样一种神秘的感觉,你就继续你的爱情故事吧。"

老板笑了笑说:"我的故事就先讲到这儿吧,马上就到一个寺院了,寺院附近不宜讲这些男女之事的。再说,我一个还俗的喇嘛在寺院附近讲这些真是造孽啊,会堕入十八层地狱的。这个寺院有很多小喇嘛,你们不是也要找几个小喇嘛的演员吗?可以顺便看看,而且这个寺院听说还演出《智美更登》,也可以多了解了解。"

江央一下子来了兴致,问:"寺院也演出《智美更登》?很新鲜的事情啊!"

老板说:"而且还是喇嘛们在演。"

江央问:"那里面的女性角色哪,比如说曼达桑姆谁来演,是尼姑在演吗?"

老板笑着说:"不是,不是,都是喇嘛在演。"

江央像是明白了似的说:"噢,我还是第一次听说。"

车到一个山冈上时,突然间刮起了一阵大风。

等大风稍稍平息之后司机说:"看,前面就是寺院。"

大家都欠身看。

山冈下一座宁静祥和的寺院出现在了大家的视线中。

女孩从后面小声地对司机说:"司机师傅,能不能停一下。"

司机突然停下车问:"怎么了?"

女孩说:"我想在这儿下车,我不去寺院。"

江央也问:"你为什么不去?"

女孩说:"今天我连个敬佛的酥油都没带,所以我不能去。"

老板看着女孩说:"你在这儿会冷的,走吧,没事。"

女孩低着头说:"我不去了,我在这儿等你们。"

江央说:"那好吧,你就在这儿等一会儿,别走远了,我们很快就回来。"

司机开了门,女孩下车了。

江央从窗户里递过一瓶矿泉水,说:"给,拿着喝吧。"

女孩接过水,说了声"谢谢"。

车往下开去。

走了一段江央回头看时,女孩依然站在路边远远地望着他们。

10

他们直接去了寺院管家的僧舍,管家正好在,互相介绍之后,管家让一个僧人去叫几个小喇嘛来。

不一会儿,那个僧人领着几个小喇嘛一窝蜂地进来了。那些小喇嘛们的身上、脸上全是土。

江央让几个小喇嘛站成了一排，小喇嘛们挤眉弄眼地笑着。

江央问左边的第一个小喇嘛："你几岁出家的?"

小喇嘛显得很害羞，挠着头皮说："八岁。"

江央问："来寺院几年了?"

小喇嘛说："两年了。"

江央问："都学什么了?"

小喇嘛说："刚开始学藏文字母。"

江央笑着说："那你念念看。"

小喇嘛放松下来了，很流畅地念："嘎卡嘎啊……"

念完之后，导演又问左边第二个小喇嘛："你叫什么?"

小喇嘛表情严肃地说："我叫更登智巴。"

江央笑着问："你会些什么?"

小喇嘛说："我会背《萨迦格言》。"

江央笑着说："那你背背看。"

小喇嘛便非常快速地背了起来：

贤者即使潦倒，
品德更显高尚；
火把尽管朝下，
火舌仍然向上。

学者见多识广，
亦会博采众长；

>如此长久以往,
>通晓大小五明。

>智者虽然弱小,
>亦会力克强敌;
>虽是兽中之王,
>却被兔子征服。

背完之后,小喇嘛还在喘着气,江央笑着对管家说:"这个小喇嘛记性真好啊。"

管家也笑着说:"寺院里的喇嘛们基本上都是这样学出来的。"

江央继续问那个小喇嘛:"还会什么?"

小喇嘛说:"还会英语。"

江央一下子来了兴致,问:"什么?英语?"

小喇嘛说:"对,英语。"

江央站起来说:"那你念念看。"

小喇嘛只是背了英文的字母,而且发音不是很准:"A B C D E F G I S T U V W……"

江央和摄影师等人都笑了起来。

江央又问左边的第三个小喇嘛:"你会什么?"

小喇嘛嘻嘻地笑着说:"我只会念经。"

江央笑着说:"那你就念一段《平安经》吧。"

小喇嘛丙闭着眼睛念起了《平安经》:

诸佛正法众中尊，
直至菩提我皈依，
以我所修施等善，
为利有情愿成佛，
皈依佛法僧三宝，
我度一切有情众，
安置殊胜菩提位，
发起胜义菩提心。
……

管家的手机响了，管家在一边低声接电话。

老板拿出自己的傻瓜相机，对着小喇嘛们的脸哗哗地拍着，闪光灯在小喇嘛们的脸上闪烁不定。

僧舍外面的几个小喇嘛也透过窗户在往里张望。

小喇嘛背完《平安经》之后，小喇嘛们准备要走，江央拉住边上一个面目清秀的小喇嘛问："还有你，你叫什么名字？"

小喇嘛说："加洋索南。"

江央问："你学什么？"

小喇嘛说："因明逻辑学。"

江央很感兴趣地问："在学因明学啊？那你来辩论一下吧。"

小喇嘛走到一边，管家叫一个小喇嘛过来一起辩论。

两个小喇嘛开始了辩论：

"那么应成为恒常，因为有些存在是实有。"

"同意。"

"那么应成为非恒常，因为是实有。"

"论据不成立。"

"应成为实有，因为若是颜色就理应包括在红色中。"

"不一定。"

"那么，若是颜色就理应包括在红色中，因为你已答包括。"

"同意。"

"那么，若是颜色就不应该包括在红色中，因为这是《辨析》的观点。"

"论据不成立。"

"因为《辨析》中说，如果说若是颜色就理应包括在红色中，那么以白海螺的颜色为例。"

"同意。"

两个小喇嘛的辩论告一段落，江央掩饰不住喜悦地对管家说："小喇嘛真聪明啊！"

管家说："他们正在学习摄理学，每天都要这样练习。"

江央说："从小学习就好啊。"

两个小喇嘛的辩论又开始了：

"若是颜色就不应包括在红色中，因为经典中持此观点。"

"同意。"

"那么若是颜色就理应包括在红色中,因为颜色是随意的东西。"

"论据不成立。"

"若是颜色就理应包括在随意的东西中,因为它不是颜色。"

"论据不成立。"

"那么它应成为非颜色,因为是无色。"

"论据不成立。"

"那么它应成为无色,因为不是实有。"

"论据不成立。"

"那么它应成为非实有,因为是常法。"

"论据不成立。"

"那么它应成为常法,因为这是经典的观点。"

"论据不成立。"

"《辨析》中说:应成为常法,因为有些存在是实有。"

"同意。"

江央饶有兴趣地看两个小喇嘛辩论,管家却让他们停住了,让小喇嘛们回去学习。

小喇嘛们走后,江央向管家问寺院演出《智美更登》的情况。

管家说:"这会儿演智美更登的喇嘛们都不在,都到村里念经去了,再过几天就好了。"

江央显出很遗憾的样子说:"看来我们来的不是时候啊。"

管家突然记起什么似的说:"我这儿有一张去年拍的我们寺院演《智美更登》的 VCD,咱们现在就可以看一下。"

江央高兴地说:"那真是太好了。"

管家找出 VCD,放进影碟机打开电视看。

喇嘛们的演出和村里的演出风格截然不同,很古板,音乐也很宗教化,一举手、一投足似乎都慢了半拍,但是别有一番风味。

江央快进着看了一段之后对管家说:"师傅,这个东西我能不能拷到我的电脑里带回去慢慢看?"

管家没听懂他在说什么。

老板给他解释。

最后,管家似懂非懂地答应了。

江央把那张 VCD 拷到了自己的电脑里。

江央取出 VCD 对管家说:"好了,谢谢您了师傅。"

管家奇怪地说:"这就好了?这么快?我还以为你要把这张 VCD 带走哪,我心里有点不愿意,但想着你们的事很重要,就打算让你们给带走了。"

江央笑着说:"不会的,不会的,这个您留着,《智美更登》已经在我的小盒子里了。"

说着让管家看了看,把笔记本电脑装进了包里。

管家赞叹着说:"现在的科学真是神奇啊。"

11

女孩上车之后,车又继续往前开,几十头牦牛从公路上鱼贯而来,司机减速使劲地打喇叭,但是那几十头牦牛像是什么也没有听见似的晃悠悠地往前走。司机嘴里骂着"畜生",不停地打喇叭。

过了一会儿,牛群后面出现了一个蒙面女孩。

老板对司机说:"好多年没去纳隆村,我都记不太清怎么走了,你还是去问问吧。"

司机兴奋地应了一声马上就下车了。他一边赶牛,一边没话找话地说:"姑娘,你的这些牛胆子可真大呀,连汽车打喇叭都不怕。"

女孩也抬起了头,但是看不清长得什么模样。女孩很认真地说:"以前它们是怕的,只要一打喇叭就逃得远远的,现在慢慢就不怕了。汽车一打喇叭我还很紧张哪,不知为什么它们就不怕了。"

司机笑着说:"时代真是变了啊。"

待女孩赶着牛走近时,老板也下车问:"姑娘,去纳隆村怎么走啊?"

女孩仔细看了看车里的人说:"前面有条土路,沿着土路开车,可能得走半个多小时的路。"

老板笑着说:"谢谢,谢谢。"

女孩问:"你们去纳隆村做什么呀?"

老板说:"我们要拍一个关于智美更登的电影,听说纳隆村演智美更登,就准备去看看。"

女孩问:"你们的电影到时候会到这儿放吗?"

老板说:"会放的。"

女孩边赶牛边说:"那到时我一定要来看,我很喜欢智美更登的故事。"

老板笑着说:"好好,姑娘,我们走了,再见。"

女孩回头说:"再见,祝你们一路顺风。"

这时,司机追到女孩后面问:"姑娘,我可以知道你的名字吗?"

女孩问:"你打听我的名字干什么?"

司机不好意思地说:"不干什么,就是随便问问。"

女孩走了几步又回头笑着说:"若回来时还见到我就告诉你。"

说完赶着牛走了。司机还望着女孩的背影出神。

老板笑着用手机捅了一下司机,说:"又在打什么坏主意,赶紧走吧。"

司机笑了笑没说什么,两个人就上车了。

汽车开动后,司机笑着对老板说:"听刚才你和那个女孩说话,好像导演就是你啊。"

其他人都笑,江央笑罢说:"有时候换一下角色还挺好的,我还想当几天老板哪。"

大伙儿又笑了起来。

汽车拐上土路后司机便加大油门往前开,车里一下子晃动得很厉害了。

江央拍了拍老板的肩膀说:"老板,该继续你的爱情故事了。"

老板回头说:"我都忘了讲到哪儿了。"

江央笑着说:"昨天你只是讲了遇见那个女孩之前的一些事情,没讲什么实质性的内容。"

老板想了想说:"我真的记不起具体讲到哪儿了。"

蒙面女孩低声说:"讲到你拿着信去找那个女孩。"

老板笑着说:"又是你提醒我啊。"

江央催道:"你就赶紧讲吧,听你这个爱情故事就像是在听汉人的评书,动不动就卖个关子。"

老板笑了一下又开始进入状态,讲起来了:"我到州上后就直接去学校找到了她。她正在复习,我带她出去吃了饭,还给她买了一套衣服。因为两天后就要考试了,我就不敢耽误她的时间,下午吃完饭后就把她送回了学校。我让她安心复习,好好考试。为了节约钱,我没住旅馆,住在了州歌舞团的一个朋友家里。中间有几次她过来找我,我都把她强行送回学校了,让她考完之后再来找我。我就等在那里,心里还不断地为她祈祷。两天后的黄昏,她终于跑来找我了。我看她的心情不太好,就安慰了几句。我们在外面登记了一间房子。她伤心地说她考得一点也不好,可能考不上。我就说没事的,不管你考上了还是考不上,我都要娶你做我的老婆。如果考上了,就要等到你毕业;如果考不上,今年就要娶你。听到这话,她很感动,眼泪都流出来了。她问我你真的会娶我吗,我当时就发誓一定要娶她。她就没再说什么,紧紧地抱住我待了很长时间。"

这时,摄影师插了一句:"你讲得我都喘不过气来了。"

老板笑了一下继续说:"我们在一起待了两三天,那几天她心情一直不好,后来她说她想到她出嫁的姐姐家里住几天再回家,我觉得这样可能对她有好处,就给了她一些钱送她去车站了。车站里我对她说你回去好好散散心吧,等我挣了一笔钱就去娶她或者供她上学。她在车站那么多人面前亲了我一下,说你对我真好。班车已经驶出了车站大门,我的心里空空荡荡的,就像是丢了什么东西。她走后我就整天都待在屋子里没有出来,不想见任何人。"

这时,车到了一个山顶上,垭口有许多经幡在猎猎飘动着。

老板让司机停车,从包里拿出几包纸风马,下车站在路边,口中念念有词,把纸风马抛撒出去。垭口的风很大,那些纸风马很快就被吹得不知去向了。

老板上车之后,说了声:"外面冷得要命,咱们赶紧走吧。"

江央笑着说:"这么快就走了,我们也想出去撒些纸风马呢。"

老板也笑着说:"我已经替大家祈祷过了,有什么事山神会保佑咱们的。"

江央笑着说:"我就希望山神保佑你顺利讲完那个爱情故事。"

老板回头笑着说:"你就不用拐弯抹角地提醒我了,看来这次不完整地讲完你们是不肯罢休了。"

然后笑着对摄影师说:"你要拍你就赶紧准备吧,反正我是阻止不了你了。"

摄影师也笑了,说:"这样我拍起来也就自然多了,要不然总是有一种偷拍的感觉。"

老板想了想就讲了起来:"说是挣了钱后去娶她,但是第二天醒来一想,自己身上没有任何可以挣到钱的本事。家里带出来的那点钱也花得差不多了。当时还想到了去牧区给别人念念经挣点钱的法子,因为念经是我的老本行嘛。仔细一想又觉得不行,我一个还俗的人,人家怎么可能相信呢,我又不能重新穿上僧袍去骗人。想来想去,最后想到那两年我在外面化缘时摆弄过几天别人的一个傻瓜相机,就借了朋友的傻瓜照相机,去青海湖边照相挣钱去了。"

这时,江央提醒说:"你讲的时候能不能尽量和她结合起来讲。"

老板笑了一下,继续讲:"好好,那时我带着她的一张照片,那是她那天临走时送给我的。我觉得那张照片照得非常好,她在照片上也很漂亮。这张照片既是我的随身物,又是我的宣传照。拍照片时先让人看看她的那张照片,说这就是我照的,让他们做个参照,哈哈,这样还真有不少人相信我是一个很好的摄影师呢。"

老板说着看了看摄影师说:"今天在这儿说出来可真有点不好意思啊。"

摄影师也笑了："哈哈，你真会做宣传啊。"

老板也笑着说："是啊，哈哈。那张照片我一直随身带着，还有她写给我的信也是。只要想她，就看看照片，读读信。"

蒙面女孩也很认真地看着他。

老板说："当时我是从倒淌河开始步行走家串户去照相的，一天大约能拍完一卷胶卷。走到哪儿天黑了就住在哪家，吃饭住宿也不用花钱。那时洗一张需要两块钱，洗两张需要三块钱，这样可以多赚一点钱。等拍完十个胶卷，我就去西宁冲洗。这样下来每次都有不错的收入。每次我去西宁洗照片，为了节约钱，手抓肉也很少吃，就吃点面片。"

江央问："你是怎么学会拍照片的？"

老板不好意思地说："其实也不会，就那样随便照着照着就有了那么点意思，后来大家也说我照得不错。主要是因为那时我没什么手艺，又没有做生意的本钱，就干起了给人照相的事。"

江央问："你照相，他们相信你吗？"

老板又恢复了原来的语调："我是先照相，洗出来给片时才收钱，所以青海湖地区的牧民们对我很信任。那段时间我到处打听各个地方的庙会赛马会什么的，没错过任何一个挣钱的机会。好多人都问我你这么拼命地挣钱是为什么，我就把我们的感情和我要娶她的愿望讲给他们听。好多女孩子听了，都感动得流过眼泪哪。"

江央问："只有女孩子感动吗？"

老板很认真地说:"也不是的。好多男人听了也很感动,说你真是太爱她了,我们从来没有像你这样爱过一个女人,你真是一个了不起的男人。我一心想着挣上钱就去娶她为妻,可是到最后就像是俗语说的'神药未到,人已断气'了,哈哈。"

江央问:"你是说她已经变了?"

老板挥了一下手说:"你们听我慢慢讲。就这样我跑了很多地方,挣了差不多三千块钱,那时候三千块已经是很大一笔钱了。有一次我去州上时,收到了她给我的一封信。那封信到我手里时,已经快过两个月了。信上说她已经回家了,大学也没考上,对一切都没有信心了,还说如果还记得她的话就到她家里来找她,她会在家里等我。她还留了一个地址,说如果想给她写信就可以寄到这个地址。那时刚好是贡唐仓活佛在桑科草原举行时轮灌顶大法会的时候,我觉得她反正在家里等我了,想多挣点钱回去就没及时回去,去了桑科大草原。我按那个地址给她寄了一些我在青海湖边照的照片。"

江央问:"你们两个没见面有多长时间?"

老板想了想说:"三个月……不是,大概五六个月吧。从桑科草原回来后,我就打算去找她。那时我有个很要好的藏医朋友,他挺有钱的,以前我给他讲我的故事时他很感动,说你要娶她我一定会帮你。当时就派了他的北京吉普,让他的司机开着,我们就出发了。我们到女孩的村庄时,正好村口有一个小卖部,就下车买了砖茶烟酒哈达之类的准备去她家。售货员是个小媳妇,看我买了那么多送礼的东西就问我:买这么多东西去哪儿?我高兴地说:我们去尕藏吉家里提亲。忘了交代了,那个女孩叫尕藏吉。她用怪异的眼光仔细看了看我后大笑着说:你就是那个还俗的喇嘛吧。我有点意外地点了点头,问:你怎么知道的。她笑着说:我当然知道,我和尕藏吉是好朋友。我就问:那尕藏吉哪?她看着我说:你别傻了,尕藏吉早就出嫁了,你还不知道?听到这话,我当时就像遭了雷击一样,全身一下子瘫软了。我说我根本不相信,这绝对不可能!也不知道自己在干啥,我当时买了两瓶啤酒,可是只喝了一瓶就醉成泥了。"

江央问:"只喝了一瓶?"

老板很肯定地说:"对,一瓶!之前我从来没有喝过酒。"

江央笑着问:"那你现在能喝多少?"

老板也笑了:"少说也能喝个二十瓶吧。"

江央问:"后来哪?"

老板说:"后来司机把我拉到了县招待所登记了一间房。"

这时,几头毛驴慢吞吞地从路边走过来站在路中间不动了。司机只好停下来,一个劲地打喇叭。

老板也停下了讲述,看着前面说:"你看你看,咱们光顾着瞎聊,我们要去的村庄到了都不知道,往回倒,往回倒。"

司机往回倒车,在一个路口老板说:"就是这儿,从这儿开进去。"

司机按老板指的方向没开一会儿，老板又说："咱们走错了，不是这条路，咱们还是问一下吧，我也记不太清了。"

司机又把车倒回到刚才的地方。

这时，他们看见刚才那几头驴不见了，那个地方站着一个小男孩，在向这边张望着。

司机一边打喇叭一边从窗户里挥手让小男孩过来。

小男孩跑过来，从窗户里看他们。

老板让小孩上车给他们带路。

有小男孩带路，他们很快就到了纳隆村。因为提前联系过了，藏戏团的几个年轻人在等着他们。

到了一户人家，一个年轻人指着一个矮个儿老人说："他是我们的团长。"

老板等人也做了自我介绍。

矮个儿老人介绍说："我们这个藏戏团成立已经三十多年了。我以前也是藏戏团的演员，后来演不动了，但是放不下这个摊子，就帮着年轻人做点事。"

几个年轻人说："我们这个藏戏团能坚持下来，全靠我们的老团长啊。"

老人谦逊地笑了笑说："我们这个藏戏团是有传承的，据说是好多年前几个去拉萨朝圣的人历经千辛万苦从拉萨那边带过来的，所以说在方圆几里的地方我们这个应该说是最正统的，其他地方的都是从我们这儿传过去的。"

说到这儿老人显得很自豪，停了一下继续说："文化大革命期间由于打倒牛鬼蛇神就差点失传了,但是我们的师傅偷偷让我们每年都练,牢牢地记在心里。师傅在'文革'中死了,但是藏戏就这样保存了下来。"

老板由衷地夸赞道:"你们功劳很大啊。"

老人继续说:"多亏佛祖保佑啊。十一届三中全会之后,落实了党的民族宗教政策,我们也恢复了藏戏团,历经千辛万苦才发展到了今天的规模。"

讲到这儿,老人指着墙上的一面锦旗说:"这是前几年州政府奖励给我们的。"

那面锦旗上用藏汉文写着"藏戏之村"四个字。

老人看着那面锦旗显出很自信很骄傲的样子。

江央也点着头说:"你们为保存咱们的文化立了大功啊,政府给你们这样的荣誉真是名副其实。"

老人很谦逊地笑了一下之后说:"你们拍电影也是为了更好地发扬自己的民族文化嘛,我们藏戏团会力所能及地帮助你们完成这部电影的。"

老人接着又把江央领进一间小屋里,从抽屉里翻出了一些奖状和照片,拿出其中的一张泛黄的彩色照片说:"您看看,这是前两年我们给隆务寺献演时的照片,演员都在场,当时大活佛和我们一起合了影。"

江央接过去看时,老人又拿出一张泛黄的奖状说:"这是我个人的奖状。以前去省里学习皮影戏时发的。"

江央看着说:"真不错,真不错。"

老人又拿起一张黑白照片说:"这是十世班禅大师十年

前莅临热贡时,我们为大师献演《智美更登》时照的。那时我也很年轻,上面扮演智美更登的就是我。"

说着指着上面的一个人说:"哦,这个就是我,就是大师右边这个,右边这个。"

江央仔细看了看,感慨道:"那时的你真的很年轻啊!"

老人也感慨道:"是啊,那时年轻,现在老了,演不了了,但也不愿闲着,就帮年轻人做些力所能及的事。"

江央说:"一个人做了这么多,还能做什么呢?"

老人叹了一口气没说话。

江央说:"咱们现在看看你们的演员吧,演智美更登和曼达桑姆的演员都在吧。"

老人指着两个年轻人说:"他们就是演智美更登和曼达桑姆的演员。"

江央仔细地看着他们俩,同时叫摄影师做拍摄准备。

老人说:"你们就演一段给客人看吧。"

男演员问:"演哪一段?"

老人问江央:"你们想看哪一段?"

江央说:"你们能演一下智美更登施舍三个孩子那一段吗,这一段会在电影中用到。"

老人说:"没问题,可是三个孩子在上学,得到学校去叫他们。"

江央问:"学校在附近吗?"

老人说:"就在旁边,很近的。"

江央说:"那我们现在就去看看吧。"

老人对两个年轻人说:"你们先换服装布置戏台,准备一下吧,我们去学校看看。"

说着老人领他们出门了。

学校很近,很快就到了。老人让一个在门口玩耍的小孩进去叫。

这时,江央的手机响了:"阿爸,阿妈来电话了。阿爸,阿妈来电话了。"

江央掏出手机,看了一下显示的号码,忧心忡忡地到不远处的一棵枯树旁接电话。

没过多久,十几个学生嚷嚷着冲出了学校大门。

老板叫江央过来看孩子。江央继续说了几句就关上电话过来了。

老人从孩子们中间揪出三个戴红领巾的孩子说:"演智美更登孩子的就是他们三个。"

江央看着他们说:"那你们就随便唱点什么吧。"

小孩们看着彼此不好意思唱。

在老人的再三鼓励下,三个小孩才开始商量着唱什么。

商量了一会之后,转过身背着他们唱起了藏语儿歌《我们都是一家人》:

你的父亲是岩石猴,
我的母亲是罗刹女,
我们都是一个祖宗的后代。
你来自安多,

我来自卫康，

我们都来自一个大家庭。

……

三个小孩开始时很拘谨，慢慢地就放松下来了，转身大胆地对着他们唱歌，声音自然流畅。

大家安静下来，细心地听三个孩子唱歌，看他们表演。

三个小孩真切的演唱，深深打动了江央，不停地称赞道："你们这儿真是'藏戏之村'啊，连小孩都唱得这么好。"

老人说："这几个孩子演得真是很感人，只要他们一唱老人们就哗哗地流眼泪。"

江央说："我看电影中智美更登的三个小孩就用他们了。"

老人也笑着说："咱们还是回去看他们演一下智美更登施舍自己三个孩子那段戏。"

江央说："好，好，这样最好，这样才能品出这出戏的真正的味道。"

他们便领着三个孩子往回走，其他几个学生们也跟来了。

回去时，院子里已搭好了那场戏的布景。

两个演员也早已换好服装等着表演，简单的乐队也做好了准备。

其中一个孩子问老人："我们也要换戏服吗？"

老人说:"你们就不换了吧,反正也不是正式的演出。"

说着看了一下江央。江央也说:"不用换了,你们就像平常一样地表演吧。"

乐队的伴奏声响起来了,演员们便开始了表演。

智美更登王子在打坐,三个孩子在一旁玩。

三个婆罗门走上前,向智美更登王子叩首致意后说:"王子智美更登,早就听说您有一颗大慈大悲勇于施舍的心,您看看我们这身破衣烂衫,我们多可怜啊,您难道不想施舍给我们什么东西吗?"

智美更登王子:"见到你们很高兴,也很想满足你们的愿望,但我现在一无所有,实在没有什么东西可以施舍给你们。"

三个婆罗门:"那就请把您的三个儿女施舍给我们吧!"

智美更登王子:"三个孩子年幼无知,再说他们还离不开他们的母亲。"

三个婆罗门:"这个不用担心,我们不会伤害他们,我们只是需要三个侍从。"

智美更登自语:"自己早就发过誓,要对乞讨者有求必应。如果现在不把孩子施舍给他们,就违背了自己的誓愿;如果把孩子施舍给他们,又怕妃子舍不得,我该怎么办啊!"

三个婆罗门:"原来王子只是徒有虚名啊,我们还以为王子有怎样的菩提心呢。"

智美更登王子没说什么,将三个儿女叫过来说:"列丹、列白、列孜玛,世上哪有父母不心疼儿女的,但悲欢离合是世间常情,世间众生皆父母,你们就安心跟着这三个婆罗门吧。"

三个婆罗门准备带三个孩子走。

三个孩子跪向智美更登王子唱了起来。

老大列丹唱道:"为了父王您的行善大业,我们愿意听从您的决定。在这最后的时刻,不能看到慈祥的母后,觉得很伤心。"

老二列白接着唱道:"父王既然把我们施舍给了别人,我们就只能跟着别人走了……"

老二列白停下来不好意思地说:"我记不起词了,我再来一次吧。"

老人挥挥手说:"可以了,列孜玛接着演吧。"

老二列白的脸上显出很遗憾的表情,无奈地看着列孜玛唱。

小女儿列孜玛用悲伤的语气对着智美更登唱道:"父王虽然忍心把我们施舍给婆罗门当佣人,但是我们真的舍不得你们啊,不知还有没有相聚的时刻。"

智美更登王子做感动得流泪状,不时用袖口擦着眼泪。

智美更登王子语气悲伤地说:"我的三个心肝宝贝,离开你们我心里也很痛苦,但怜悯施舍是伟大的善业,不要悲伤,不要流泪,放心跟他们走吧,三宝会保佑你们的。"

唱完智美更登忍不住笑了,说:"穿着戏服对着三个戴红领巾的小孩唱总觉得有点搞笑。"

三个婆罗门也笑着将三个孩子带下了台。

蒙面女孩也在偷偷地笑着。

江央问蒙面女孩："你觉得他们演得怎么样？"

蒙面女孩马上又不笑了，说："孩子们演得很好。"

智美更登王子笑着坐下来作修行状。

妃子曼达桑姆从一边走过来，做寻找三个孩子的样子。

曼达桑姆问智美更登："你是不是把咱们的三个孩子也施舍给了别人？"

智美更登睁开眼睛点了点头说："我已经把他们施舍给了三个婆罗门。"

曼达桑姆极度悲伤，腿一软跌倒在地上，悲伤地唱道："我的宝贝孩子，就像那太阳一样可爱，为什么这黑心的乌云，要把阳光遮挡住。"

唱完，晕倒在了一旁。

智美更登笑着用一根羽毛沾上水，往她脸上洒了洒，又用手揉着她的胸口说："爱妃，你千万不能这样，你赶紧醒来吧。"

演到这儿时，人群中也传来了一阵笑声。

曼达桑姆也马上改变悲伤的表情，看着智美更登的脸笑了起来。

老人生气地说："你们太不严肃了，三个小孩换上戏服再来一遍。"

说完老人看了一眼江央。

江央一脸悲伤的表情，说："不用演了，你们演得很好，这个电影里关于藏戏《智美更登》的部分我看由你们藏戏团来演很合适。"

江央要了他们的联系方式之后就又上路了。

12

拐上马路之后,车里又一点也不晃了。

江央一脸心事重重的样子,也不说话。

老板见大家都不说话,就看了一眼江央问:"喂,导演,这个智美更登演得怎么样,很不错吧。"

江央说:"是啊,虽然有点滑稽,但是感动得我都差点掉泪了。"

老板问:"他能演你电影里的智美更登吗?"

江央说:"电影里的智美更登是个戏里戏外反差很大的人物,但是这个小伙子看上去很仁慈、很小心的样子,我担心他适应不了戏外的现实生活中的那个角色。"

老板问:"那曼达桑姆哪?"

江央没有直接回答老板,看了看蒙面女孩问:"你也演过曼达桑姆,你觉得她演得怎么样?"

女孩认真地说:"她演得挺好的,就是长得不太好,我觉得她演智美更登的妃子曼达桑姆不太合适。"

江央笑了,说:"好了好了,咱们还是不要对别人评头论足了,咱们还是继续听老板的爱情故事吧。"

之后,看着老板说:"你的故事太吸引人了,我们还是听你的故事吧。提示一下,上次讲到司机把你拉到了县招待所。"

老板笑了笑,想了想就继续了他的爱情故事:"后来司机把我拉到县招待所登记了一间房。我躺在床上,往事便历历在目,甚至她那时躺在我的怀里跟我说话时的那些情景,也都像电影一样在我的眼前清晰地浮现着。我不想吃饭,也不想说话,甚至听见别人说话就生气。第二天,司机要我跟他回去,我说我要在这里待两天,先让他回去了。就那样我茶饭不思地在旅店里躺了两天两夜,一直都迷迷糊糊的。第三天我的那个藏医朋友便亲自来接我了,他见我这样狠狠地骂了我几句,具体骂了什么我没听清楚。他把我拉到西宁,住在了一个旅馆里。我那时已经像个傻子了,其实后来才知道是我病了。在旅馆住了几天,我朋友看我不行了,就把我送到了省人民医院。"

江央问:"你还去了医院?"

老板说:"是的,说了你们可能不相信,可我确实是住院了。为了缓解我当时的情绪,我朋友有时还带一两个漂亮女人来跟我聊天,可我见了女人就生气,一心只想着她。那时我还在幻想,我只要能找到她,她即便是别人的妻子,不管情况怎么样,我相信她会跟我回来的。之后我又想着,她要是过得很愉快,我就让她继续过下去;她如果还需要我,我就会带她回去的。我的藏医朋友见我住了几天医院也没见怎么好转,就说你这不是需要住院治疗的病,这种情况应该多出去散散心才会好。我答应了他,我们就到了兰州。那时我的藏医朋友的一个上师在兰州,我们就想方设法去拜见了上师。因为我以前也给这位上师拍过照,所以上师还稍稍记得我。在上师家里,我朋友把事情的来龙去脉详细讲给上师听。上师很认真地听完了,听完之后没想到上师也说,去散散心就会好起来的,没事的,但是不要再去找她了,没用。"

江央问:"你们是怎么跟上师讲的?"

老板说:"没什么,就是原原本本地讲了。上师叫我们出去散散心,我们就去了成都。在成都我见到了一个跟她长得很像的汉族女孩,就又犯病了,就更加重了我对她的思念之情。我当时就决定回去,而且坚定了去州上找她的决心。在我的坚持下,藏医朋友又把我领到上师家里。上师听了我的话笑着说,既然你执意要去,那就去看看吧,时间不要超过七天,只要你见到了,就会有所结果的。就这样我又去找她了。"

这时,摄影师又插进了一句:"你真执着啊,要是我早就放弃了。"

老板也没理他,继续说:"就这样我在州上找了她整整七天。这期间,我打听到有人看见她在转撒嘎佛塔。这我很清楚,按照这儿的习俗,女人转撒嘎佛塔,那肯定是怀孕了。"

路上的行人多了起来,司机又放慢了速度。

老板摇下自己一侧的窗户说:"这是瓜什则乡,这儿有瓜什则寺院,寺主活佛是瓜什则活佛,这座寺院的因明逻辑学是享有盛名的。"

大家往外看时,一座金碧辉煌的寺院在不远处的阳光下熠熠生辉。

再往前,路边出现了一些藏式的小楼,路边有很多人来来往往,偶尔有骑着摩托车的牧民飞快地经过,还有一些人坐在摩托车上聊天。

小镇的景象很快从车窗里消失了,车又行驶在宽阔的马路上。

老板收回目光,说了声"我还是讲我的故事吧",就开始了讲述:"到第七天早上,我碰见了在车站工作的一个服务员,我们以前认识,我就向她打听,她说有一个嫁到我们这儿的新媳妇,每天来转经,但是今天早上转了一圈就回家了。经详细了解我们说的不是同一个人。我就对她说了尕藏吉的名字和有关情况。她说尕藏吉是我的同学,当然认识啊,她现在嫁给了我们这儿的一个小学老师。正说话间对面过来一个骑自行车的人,那个人戴着一顶礼帽。她说,看,看!就是他,他就是尕藏吉的丈夫,叫更藏加。他是去学校上班,我就在学校门口等到他下班,跟踪他找到了他们的家。他家就在一个离州府很近的村子里。我在那儿等到她丈夫下午去上班之后,就进了她家的门。"

江央问:"你就直接进去了?"

老板说:"是的,我直接就进去了。刚进门时就看到她的公公坐在院子里晒太阳。我进去时说你们家来客人了,她公公说好好,进来,进来。我说我是尖扎的,她公公说,噢,是我儿媳妇老家的人啊?你快上去,儿媳妇尕藏吉就在楼上。我听见他说'儿媳妇尕藏吉'时,感觉心里一阵一阵地刺痛。交谈几句之后我发现她的公公是个瞎子。他们家是那种小木楼房,当我上去把门推开时,她也同时开了门。她可能是听见了我的声音,也要出来吧。当时我们一见面,两人一下子都愣着了,足足有一分钟没有说话,呆呆地互相对视着。最后我很自然地把手搭在她的肩膀上走进了房子。进去后我们额头对着额头站了一会儿,她就让我坐下了,并准备去倒茶,我挡住她说我不是来喝茶的,茶我喝过了。我们就坐在那儿,可是我们都无话可说,无从谈起。她让我吃水果,我又说我也不是来吃水果的。她说给你做点吃的吧,我又说我也不是来吃饭的。她问我你是怎么找到我的,我说我也不知道我是怎么找到你的。因为太喜欢你,太想念你,就找到了你的家门。这样我就跟她谈了起来。问她在这儿习不习惯?她说已经习惯了。我对她说,你知道我心里是多么的想你吗?知道我心里是多么的痛苦吗?她说,你是个浪迹天涯的人,我找不到你在哪里。我一直在找你,你说过你在玛曲有一个拜把兄弟,我到那儿也找过你,就是找不到。也给你写过信,你也不给我回信。我以为你在外面已经忘了我,已经不记得我了。后来就遇到了这个缘分中的人,现在我已经习惯了这里的生活。她就是眼泪在眼眶里打转也强忍着不让流下来,不眨眼地让眼泪在眼眶里干掉。"

江央问:"一眨也不眨吗?"

老板说:"是,我看见她强睁着眼不让眼泪掉下来。我对她说,你不必这样,不是我抛弃了你,而是你抛弃了我。你记不记得你曾经在拉卜楞贡唐佛塔前对我说的一句话?你说你对我的爱如果能化为有形物的话,它要比贡唐佛塔还要雄伟,还要庄严啊!这句话我记得很清楚,每当想起你就能想起这句话。可是到现在八九个月工夫,就消失得连一粒尘埃都不见了吗?你现在变了,而且是真的变了。她没说什么,过了一会儿,她问我是不是变丑了?我说我不觉得,你变得比以前更漂亮了,主要是你的心变了,你已经不是以前的尕藏吉了。过了一会儿,她说她已经怀孕了,听到这话,对我又是一个晴天霹雳般的打击,不知道说了些什么话。但是我那天没看出她已经怀孕了。那天下午的时间过得真快,她说我丈夫快要下班回来了。我就起身准备走,临走时我用双手捧着她的脸颊说,你好好看看我,我还是以前的多贝,可你已经不是以前的尕藏吉了。那时,她才忍不住流下了眼泪。"

江央问:"一直到那时她都没有流泪?"

老板说:"是,一直没有流泪。我对她说,我知道你是一个坚强的女人,可在我面前你不必这样,在我面前你是不会失去尊严的。这时她婆婆也进来了,我就说我是你儿媳妇家乡的人,她家人托我来看看她,我顺便来看看她。这下她婆婆就啰嗦起来了:我儿媳妇就是这样一个人,有病没病都躺着不动,你看客人来了也不倒茶,连个火都没生。我家更藏加是有文化的人,有很多朋友同事,朋友同事来了她也不知道起来倒个茶什么的。她是流落到这儿才和我儿子成了家的,也不知恩图报,我两个女儿老是说哥哥怎么就找了这样一个女的。听到这话我很生气,说,是啊,人在他乡就是这样，就像有句俗语说的'虎落平阳不如狗'啊。在我们家乡，她可算是大户人家的女儿，像你们这样的人家娶个这样的媳妇，想攀攀不上，就是想买也买不起啊！她婆婆看看我又看看她，没说什么。我拍了一下尕藏吉的肩膀说：好好的，好好的……你要努力啊！说完我就出来走了。从那以后，我就开始找其他女人了。"

江央问："这之前你没有过其他女人吗？"

老板说："没有。我心里只想着她，对其他女人我连多余的话都不想说。"

江央问："这么说，如上师说的在七天之内真的就应验了？"

老板说："是，刚好是七天，第七天我就见到了她，心里也放下了她。在找她的那段时间里，只要是稍稍认识的人，我都忍不住要把我们的事讲一遍，甚至见到她家乡的人都有一种莫名的亲切感。"

江央问："你大概跟多少人讲过这个故事？"

老板说："那段时间里我基本上每天都讲一次。"

江央问："那你现在回想起来有什么感觉？"

老板说："现在想起来还是心痛啊，这是我心里一生都挥之不去的事情，有时忽然想起来还想跑去见她。"

江央问："这件事已经过去多少年了？"

老板说："让我想想看，那年是贡唐仓活佛举行时轮大法会的时候，这样的话就是十一年，我今年都三十五岁了。"

江央问："后来你见过她吗？"

老板说:"见过,有一次我在拉卜楞见到了她,一见我她就很快地走了。"

江央问:"你没有叫她吗?"

老板说:"我叫了,她也没有转身,装作没听见就走了。"

江央问:"那时离你去她家有多长时间?"

老板说:"大概一年多吧,她抱着婴儿和她丈夫走在一块儿。"

之后老板又笑了一下说:"人生真是很好笑啊,再后来在去西宁的班车上遇见了她的丈夫,我谎称是她老婆的同学,聊了一路,后来我俩居然成了酒友。在西宁一块儿喝酒,他还要了我的一张照片带走了,说是要给她看看我这个同学长什么样。"

江央也不禁"哈哈"地发出了笑声。

老板笑着说:"后来听说他调到乡下去教书,我再也没有见到他们。"

江央问:"你要是现在见到她,或者她已经不是以前的样子了,你对她还会像以前一样吗?"

老板很认真地说:"我觉得我对她的感情没有变,我还是依然喜欢她的,即使她的容貌不像以前那样了。"

江央问:"你那么的喜欢她,你觉得是什么原因?而且只是那么短的一段恋情?"

老板想了想说:"可能是因为我以前从来没有接触过女人,第一次跟一个女人接触的缘故吧,另外就是我们第一次见面时她对我说的'即使我俩要去乞讨，我此生也要跟你在一起'的那句誓言。"

江央问："还有别的原因吗？"

老板又笑了："其他的就是不能说的秘密啊，哈哈。"

江央问："那你以后做生意的本钱是从哪里来的？"

老板说："主要还是靠那时候拍照挣来的那点钱，后来也做了很多事，比如当中间人拿回扣、开小旅馆等等，慢慢积攒了一点钱，认识了一些商人，开始做起生意来了。"

江央没再问什么，感慨地说："你这一路走来真是很不容易啊。"

老板的语气也有点感慨："哎，这些事情现在说起来还是有点伤感啊，马上要到州上了，前面要路过她在的那个村庄。顺便指给你们看看吧。"

摄影师赶紧说："好好，我很想看看。"

老板叫司机把车拐进一条通向小山坡的土路。

车在山坡上停下了，老板第一个下车看着对面的某个地方。等大家下车之后，老板指着对面的某个地方说："那就是我一路上说个不停的那个女孩嫁过去的人家。"

大家循着老板指的方向望过去时，看见对面的小山坡上有一户人家的庄廓墙，庄廓墙里面有一座很小的木楼，木楼上的烟囱里冒着一股青烟。

几个人表情不一地看着木楼，也说不清是什么感觉。

老板第一个回到车里，然后司机也回来了。

江央、摄影师、蒙面女孩都还在看。老板摁了一下喇叭喊道:"咱们走吧,马上就到州上了。"

三个人还是没有听到似的站着,老板也就没再摁喇叭。

13

切诺基驶进州师范学校的大门,老板准备向门卫打听蒙面女孩要找的小伙子的办公室时,才突然记起还不知道小伙子的名字,就回头问蒙面女孩:"唉,这一路上都忘了问你要找的小伙子叫什么名字啊,他叫什么名字?"

女孩有点不好意思地说:"他叫仁青东主。"

老板又回头问门卫:"请问仁青东主老师在哪儿?"

门卫也问:"是今年毕业分过来的那个小伙子吗?"

老板赶紧说:"是是,就是他。"

门卫指着前面的一栋楼说:"他的办公室在这栋楼的308房,你们去吧,他刚才还在。"

老板谢过门卫之后,司机就在学校大门的左边停下了车。

老板回头对蒙面女孩说:"咱们走吧。"

女孩有点吞吞吐吐地说:"你们先去吧,我在外面等,等你们谈完事叫他出来一下就行了。"

江央想了想说:"这样也好。"

他们就下车进了那栋楼,女孩也下车走到操场中间的篮球架子旁站着。

江央等人走进308房时,里面只有一个小伙子。他的前面摞着一层厚厚的作业本,他正在闷头批改作业。

小伙子见他们进来就站起来问:"你们找谁?"

江央说:"我们找仁青东主。"

小伙子仔细看了看江央说:"我就是仁青东主。"

江央也仔细地看着小伙子。

小伙子说:"快坐吧,我给你们倒茶。"

江央说:"我们要拍一个关于智美更登的电影,在找演员。"

小伙子一下子明白过来似的说:"噢,是你们啊,我早就听说了。"

江央看着他说:"噢,消息还很灵通啊。"

小伙子笑着说:"我是听一个朋友说的。你就是导演吧?"

江央点了点头说:"是是,听说你还演过电视剧?"

小伙子说:"不知为什么,我特别喜欢演戏。"

江央问:"演过什么电视剧?"

小伙子说:"小时候演过《勒巴佛传奇》,我演小时候的勒巴佛。"

江央问:"那时你多大?"

小伙子想了想说:"那时我大概十二三岁吧。"

江央问:"还演过什么?"

小伙子一边想一边说:"还有,噢,对了,我大学时演过一个叫《高原骑兵》的电影,我演一个骑兵的兄弟。我喜欢上了一个叫卓玛的姑娘,叫卓玛的姑娘不喜欢我。她经常出去溜达,我找不到她,找到后我要回头骂她。演了几次都不到位,导演就在大家面前骂我:你作为一个大学生,连这个角色都演不好,你还算大学生吗?父母送你上学、老师精心培育,这点戏都演不了!我既羞愧又很生气,回头这样看了一眼导演。"

说到这儿,小伙子回头眉头紧蹙地瞪了一会儿旁边的凳子之后,又笑着说:"导演马上说:'噢,就是这个感觉!你额头的双眉之间有藏族男子汉的气质。'后来这样一演就演好了。"

听着小伙子的讲述,江央等人笑了起来。

等大家笑过之后,江央很满意地看着他说:"不错,不错,你有一些这方面的天分。"

老板等人也纷纷说很不错。

江央又问:"听说你还演过智美更登?"

小伙子说:"对,我从小演到现在,每年过年都回去演。"

江央问:"能不能给我们演一段。"

小伙子说:"当然可以啊,你们想看哪一段?"

江央想了想说:"就智美更登给婆罗门施舍眼珠子那一段吧。"

小伙子拿出一支钢笔当小刀作刺向眼眶取出眼球、将两个眼珠子塞进前面并不存在的婆罗门的眼眶状,唱道:

一双眼珠已取下,

满足欲望施予你。
　　望你从此见光明，
　　看清三域辨是非。
　　祈佛降恩赐予我，
　　一双永存之慧眼。
　　就像明灯光闪闪，
　　照亮我行看更远。

　　唱到这儿，小伙子问："要不要再唱另一段？"
　　江央说："唱得挺好，不用再唱了，你今年回家过年吗？"
　　小伙子想了想，显出很惆怅很无奈的表情，说："今年可能去不了。"
　　江央问："为什么？"
　　小伙子说："不为什么。"
　　江央问："没有你这个演智美更登的演员，他们怎么演啊？"
　　小伙子说："村里会再找的，我已经参加工作了，不能再每年回去了。"
　　江央想了想说："我们去过你们村庄。"
　　小伙子"噢"了一声就不说话了。
　　江央看着小伙子又说："演曼达桑姆的女孩跟我们来了。"
　　小伙子有点意外地问："她在哪儿？"

江央说:"她就在你们学校的操场里。"

小伙子看着窗外又不说话。

课间操的铃声响了,随后喇叭里播出了锅庄舞的音乐。

江央走过去拍了拍小伙子的肩膀说:"课间操时间也到了,我们出去吧。"

他们就走出了办公室。

操场里大约有一千多名师生在合着悠扬的锅庄舞曲跳着锅庄舞。

江央指着远处操场篮球架子边的女孩对小伙子说:"她在那边,你自己过去吧。"

女孩在跳锅庄舞的人群中孤零零地站着。

小伙子犹豫了一会儿,最后还是过去了。

小伙子走到女孩面前,女孩低着头不说话。

江央他们各自点了烟抽着,偶尔看看那边的小伙子和女孩。

小伙子在向女孩说着什么,但锅庄舞曲的声音淹没了他们的声音,什么也听不见。

女孩只是低头听小伙子说话,好像没说什么话。

江央抽着烟,时不时地看看他们,似乎很替他们担心的样子。

锅庄舞结束了,学生们三三两两地散去了,有些还走到蒙面女孩和小伙子跟前好奇地看着。

上课的铃声响了,操场里一下子变得空空荡荡了。

女孩独自走过来对江央说:"谢谢你们带我来,现在我要回去了,谢谢你们。"

说完,女孩就独自离开了。

江央回头看小伙子时,小伙子也站在原地怔怔地在看着女孩离去。

江央走过去说:"快去送送她吧。"

小伙子还怔怔地站着。

江央又说:"去吧,快去吧,去送送她。"

小伙子看着江央点了一下头,就向蒙面女孩的方向去了。

江央看着他们走出了学校的大门,就走过来对摄影师等人说:"我们也去州歌舞团看看吧。"

几个人忧心忡忡地上车之后,车子掉头驶出了学校大门。

歌舞团只有门卫一个人,其他人都下乡演出去了。

江央向门卫打听了一些情况就出来了。

正赶上下班时间,街道上的行人和车辆也多了起来。

在一个十字路口等红灯时,老板的电话响了。一接电话,他的语气就变了,充满着一种欢快的气息。江央等人只听到一些断断续续的声音:"喂。是。孩子没感冒吧?让孩子接电话。什么?在做作业?不接?噢。不要耽误了学习。做作业时你要仔细盯着。好的。前几天你不是感冒了吗?没事?需要打针就去打个针吧。什么?是。出门穿暖和点。我也想早点回去啊。还有点忙。好,再见。好,好,再见。"

老板挂上电话时,十字路口的绿灯也亮了,车都动了起来。

没走多久,老板突然指着前面说:"前面那个小伙子不是仁青东主吗?"

江央也从后面探出头来说:"是吗?不可能吧?"

老板看着前面说:"是,是他。他手里拿着女孩的红头巾呢。"

这时,江央也看出是那个小伙子,就对司机说:"你在前面停一下。"

快到小伙子后面时,司机打起了喇叭。

小伙子也回头看。当他看出是江央他们时,就走到路边等他们。

车子在路边停下了。江央等人下车走过去跟小伙子打招呼,小伙子也问候他们。

江央看着他手里的红头巾,好奇地问:"你手里的是不是那个女孩的头巾?"

小伙子说:"是,这是我去年送给她的,她上车之后从窗户里把头巾还给我了,她说她再也不用戴它了。"

老板不无惋惜地说:"真是个好女孩啊。"

小伙子说:"我也答应她今年过年回去和她一起最后演一次《智美更登》。"

老板说:"是应该回去一次。"

小伙子突然想起什么似的说:"噢,对了,她说老板的故事很感人。"

老板问:"是她这样说的吗?"

小伙子说:"是她说的,我去车站送她时这样说的。一定是个很感人的故事吧?"

老板说:"是啊,是我的一段情感经历。"

江央看着小伙子说:"很可惜就是没有见到这个女孩的芳容啊。"

小伙子说:"班车很快地从我身边开过去了,都没来得及跟她说一句话。"

江央像是突然记起什么似的对老板说:"他们村的藏戏负责人不是给了我一张他们藏戏团的合影吗,当时没看,现在不是正好可以看一下嘛。"

说着翻衣服的每个口袋。

最后,找出了那张照片,交给小伙子说:"快给我们指指这个女孩到底是哪一个?"

小伙子盯了一会儿那张照片,突然想起什么似的说:"不错,这确实是我们村藏剧团的一个合影,但是那天她正好外出,不在这里。"

大家都很失落,摄影师遗憾地说:"看一个美女的真面目真难啊。"

江央对小伙子说:"我觉得你们的故事很有意思,将来想把它拍成电影。"

老板笑着对小伙子说:"导演前面也答应好几个人拍电影了,你就不要轻信他了,哪有那么多电影可拍啊。"

江央严肃地说:"我不是开玩笑,我是说真的。"

小伙子看着江央想说什么,最后还是没有说出来。

之后,他们跟小伙子告别,开车走了。

14

车子驶出小镇之后,便进入了一片开阔的大草原。

车在笔直的路上行驶着,路两边的草地上看不见牛羊,也看不见一个人,就连一只鸟雀也看不见,似乎这里的生物都一下子到另一个地方去了。

车里的气氛也是一样的沉闷,谁也不说话,而且每个人都显得疲惫不堪。

最终,还是老板耐不住寂寞了,笑着问江央:"你老是说要把别人的故事拍成电影,怎么对我的故事却无动于衷啊?我也想演一个角色,试一下演电影的感觉。"

江央认真地说:"说实话,我没有能力拍出这么精彩的人生经历,再说,这样的经历一旦拍出来也许就显得苍白无力了。"

老板笑着说:"你就不要找借口了,我可是记在心里了啊,而且一定要自己演自己。"

江央看着老板,没再说什么。

摄影师说:"老板,又要开始无聊的旅程了,能不能再讲一个那样的爱情故事,反正路上也挺寂寞的。"

老板看了看大家说:"一个人哪有那么多刻骨铭心的爱情故事啊!现在也该你们讲讲了吧。"

摄影师说:"我们没什么好讲的,要不司机讲讲吧。"

老板笑着说:"别看他年龄小,他的爱情故事可多了,不过我还是想听听你们这些知识分子的爱情故事，我对你们还是很好奇的。"

摄影师说："比起你的爱情故事，我们的爱情故事真的没什么好讲的，讲了也肯定没有你的爱情故事那么感人，挺平淡无奇的。"

老板笑着说："你们这些知识分子就是虚伪，导演，你的爱情故事一定很精彩，你来讲讲吧。"

江央叹了一口气，没有说话。

摄影师赶紧说："我看导演就算了吧，这一段时间他还要想选演员的事，这个才是最重要的。"

老板笑了，对着摄影师："你们这些知识分子总是有各种各样的借口，算了吧，从你们嘴里掏出一句实心话比掏出一疙瘩金子还要难。"

之后，又问江央："刚才那个小伙子能演你们的电影吗？"

江央反问道："你是说演智美更登吗？"

老板说："是啊，我觉得他演得挺好的，而且有很强的表现欲。"

江央显出沉思的样子，说："这一路走来，我觉得我慢慢失去了对智美更登这个角色的把握和判断的能力，也许我们每个人身上都具有智美更登的秉性吧，现在我也不知道什么样的演员最适合演这个角色了。"

老板疑惑地看着江央，没再说话。

车里也一下子安静下来，谁也不说话，似乎在各自想着心事。

万玛才旦关于小说创作的访谈

访谈者：徐晓东

1. 混沌是这个世界的本来面目

徐晓东：您喜欢创造一个不太合乎理性的世界，在这个世界中，有些不太遵从理性行事的人，您头脑里的清楚构思和现实融为一体，这种联系是怎么建立起来的？您小说里写到的地理空间在现实中有对应物吗？

万玛才旦：没有对应物，基本上是虚构的。

徐晓东：您往往在这个虚构的世界中营造出一种"混沌"的感觉，包括人物与事件的混沌，时间上的混沌，空间上的混沌……

万玛才旦：嗯，我觉得"混沌"是这个世界的本来面目，也是对这个世界的准确呈现。世界对我们在场，它的面貌不可能完全清晰。

人与人之间也是一样，你看到的，并非全部，总有那么一个混沌的区域吧。

对于一些未知的东西，或者信仰层面的东西，都是混沌的。

徐晓东：您的很多小说中，比如《嘛呢石，静静地敲》《塔洛》等，人物都与酒有着密切关系，这样的安排是否为了让理性的世界因为酒而松动起来？

万玛才旦：我作品中的人物的确有很多酒鬼。一方面，酒使得很多事情变得混沌、模糊、两可，这是一种状态，可以把读者较为轻松地带入叙事；另一方面，比如《嘛呢石，静静地敲》，因为人物是个酒鬼，他说的话就不被人们所相信，他所描述的事情在别人看来是荒诞的、不可理喻的，这也为叙事的展开提供了契机、动力与空间。

徐晓东：是否多少可以用尼采所谓的"酒神精神"来解释？与"实事求是、理性和秩序"的现实世界相反，创造一个"狂热、过度和不稳定"的艺术世界？

万玛才旦：尽管有些评论家也向我提起过，但我并不确切地知道"酒神精神"到底是什么，即使与"酒神精神"有暗合之处，也属潜意识或无意识吧。

少数民族中，像蒙古族啊、藏族啊，喝酒是较为普遍的日常现象吧，也是生存状态的一种表现，对于一类人来说，当他们对现实世界不是特别满意时，酒成为一个逃避的途径与方法。

喝过酒之后，会发生各种各样意料之外的事情，出现许多的戏剧性。

徐晓东：这是否与他们对财富的看法也有关系？觉得"财富如朝露"，所以，当下的快乐更为重要？

万玛才旦：可能也有关系。但我觉得更多是对现实的一种逃避与麻痹吧，不太如意的人中喝酒的更多。有的人喝酒成为一种习惯，一种依赖，跟吸毒相似。我的经历中，跟酒有关的人与故事特别多。

徐晓东：《嘛呢石，静静地敲》中，活着的人与死了的人同处在一个混沌的空间里，在藏区，像这样生死之门被打开的事情确有发生吗？

万玛才旦：藏区的人读这个故事会相信它是真实的，不会觉得它是虚构的。生者与死者之间可以沟通的事情时有发生，比如"托梦"。

我小时候就经常会听到这样的故事，比如一个人去世了，光着脚出现在儿女的梦里，通过托梦告诉他的儿女，说他没有鞋，很冷，需要一双鞋。第二天，他的家人就会满足他的要求，买一双鞋给他。

徐晓东：这双鞋怎么从这个时空中传递到死去的那个人的时空里？

万玛才旦：跟汉族人不一样，汉族人通常是买一双纸鞋，烧掉，那边就收到了。藏区的人会买一双真正的鞋，送给一个会诵经的僧人，请他念经，通过这种方式带给他。

徐晓东："托梦"尚能从心理的范畴理解为"日有所思，夜有所梦"，都属于意识层面。可嘛呢石被刻下来，有一个物质化的见证，像这样的事，在藏区的确发生过吗？

万玛才旦：这种情节就有点魔幻现实主义了，有想象建构的成分。但也有这样的传说，一个梦得到了现实的见证，在藏区还是很多的。

徐晓东：您对"真实"怎么看？它肯定不仅仅包括感官所感受到的这些物理层面的真实，还有精神层面的。"真实"和"虚假"对您而言有没有一条明显的分界线？小说和电影里的"真实感"如何建构？

万玛才旦：这条分界线是不存在的。"真实"对我而言，主要是情感的真实。

在读书和观影时，对于一个你未曾经验过的世界，你的经验仍然会参与其中，帮助你做出判断，眼前所见是否真实。这个判断过程不是建立在理性论证的基础上，主要是一个情感过程。

涉及到经验的，跟你经验一致的，你会觉得真，不一致的，你会觉得假。

电影中，你看到一个真实的笑，你会觉得这是真实的，你看到一个虚假的笑，你会觉得这是虚假的，这不需要方程式来计算，主要跟你的情感经验有关。

但个体情感经验是有差异性的，同一个场景，有的人觉得这很真实，有的人觉得这很虚假，这跟个人情感经验与判断有关。

当然，人类情感还是有相当程度上的共通性，加上集体无意识啊、社会文化与规训等等，使得情感判断所得出的结果差异不大。

徐晓东：很多导演都用作品模糊了现实与超现实，打开了生死之门，比如伯格曼的《处女泉》啊，德莱叶的《诺言》啊等，在现实中看来不可能实现的事情，神奇地出现了。从您个人的体验而言，的确相信生死之门会打开，还是只是为了讲述一个传奇的故事？

万玛才旦：绝对不是为了传奇性。

很早以前，就像当地的藏人一样，我也全心全意地相信着这一切，现在，由于受到各方面的影响，内心会有质疑的声音，由于现代理性的渗透，我对于藏区的人、事的感受，已经不是那么纯粹了。

但是，可以在小说的世界中重构这个世界，这个世界对我而言很重要，较之过于理性与坚硬的现实，它呈现出某种混沌、松软与诗意。

2. 我对这个世界的整体认识，可能就是一种荒诞和无常的感觉

徐晓东：命运的无常感在您的小说中一再出现。比如《乌金的牙齿》中，乌金前后的变化充分展示了命运的无常，甚至曾经打过乌金的数学老师在乌金成了活佛后也去找他加持。

万玛才旦：有无常感，也有荒诞感吧，可能更多的是荒诞。一个老师曾经看不起的学生后来成为在她眼中的"大人物"，一个曾经的"权威"变成了另一个"权威"的崇拜者。

当年，在数学的领域，数学老师懂得比乌金多，于是她

就说乌金是个"傻子"。这种思维方式很普遍。

在藏区,以前统计文化程度的时候,是以汉语为标准的,比如一个僧人是格西拉让巴,在藏传佛教里相当于博士的学位,统计员问他:你懂不懂汉文?若他说不会,直接就写上一个"文盲"。这种情况我觉着是很荒诞的。

有些人从小学习藏文,写文章、发表论文都是用藏文,到年终考核时,他拿了论文来登记,统计者说,藏文的不算。他问:为什么不算?回答说:我们看不懂。

由一些人制定了一些粗暴的游戏规则,自己则成为判断的权威。

徐晓东:"牙齿"是个很有意思的器官,人这一生会换一次牙。而"我"的牙齿与乌金的牙齿则混在了一起,被神圣化了。

万玛才旦:这也是荒诞感之一种。由于人们的记忆发生了变化,由于机缘,"我"的牙齿被装进了佛塔里,而"我"还要绕着这个佛塔朝拜自己的牙齿。

徐晓东:从某种意义上讲,您对于如今很多被神圣化的东西是持有怀疑态度的吧?

万玛才旦:在藏区,朝圣的人中若有人莫名其妙地拜了一块石头,后面的人不明所以,就跟着排了长队拜。这种笑话挺多的,比如说,到了一个寺院,有人朝着一个木桩子拜下去,后面的人就跟着拜了。最后一问,原来是寺院里拴马的一个木桩子。对这种盲目地崇拜、盲目地将一个东西神圣化,我的确是持一种怀疑态度的,但我写的时候没有想到这一点。

这种现象在现实生活中也很多吧,不仅仅是出现在信仰领域。

徐晓东:乌金成了活佛后,人们就想起了他小时候似乎很神奇的事,而且他的加持仿佛也很有用。这是否有点"影子武士"的感觉,当你把一个人放在一个位置上,不管一开始他与这个位置有多么不匹配,最终都会成为与这个位置最相宜的人。

万玛才旦:不是吧。"影子武士"只是个影子,而乌金是真正的活佛啊。人们重新追忆他的过去,想到了关于他的一些特殊的事情。平时即使发生一些特殊的事情,大家也常常并不在乎,但倘若它跟一件特殊的事情联系到一起,你可能会觉得,当时发生的事情也是很特殊的。这是一种联想,跟另一件事情联系到一起,重新生成意义,普通的东西也具有了神奇的光辉。

徐晓东:"影子武士"一开始可能只是个"影子",但因为他在这样一个位置上,就会按照这个位置上的人去思考与行动,渐渐地,他就成为了适合这个位置的人,不再是一个影子了吧。乌金是否也是这种情况?

万玛才旦:乌金有时候也怀疑自己,从这个方面讲,可能有与"影子武士"相似的地方吧。但与"影子武士"不同的是,乌金身上本来就有一些不一样的、别人不具备的禀赋,从而让他具有思考的能力。

"影子武士"这种情形在历史上挺多的,各种傀儡,西藏历史上，第五世达赖喇嘛也是，为了稳住时局，圆寂后秘不发丧，大家知道他圆寂时已经过了很多年了，找了一个跟他长得很像的人来代替他。这个故事跟"影子武士"的相似度更高。

徐晓东：乌金这个形象挺有趣的。很普通，却又有神奇的东西，但这些神奇的东西又都处于暧昧里，并未特别地去制造传奇效果，于是丰满而真实。有这样一个人物的原形吗？

万玛才旦：没有原形。但会听到类似的事情，比如，小时候的一个同学被认证成一个活佛，两个人的关系就发生了天翻地覆的变化。

《乌金的牙齿》写得很顺，也是我喜欢的一个小说。

徐晓东：乌金二十多岁就死了。在您的小说中，充满了非正常死亡，比如《诱惑》里，也是拿到经书没有读到就死了，不到二十岁。死亡为什么如此频繁地光顾您的小说？

万玛才旦：是故事的需要吧。对于《乌金的牙齿》而言，还为了达到荒诞的效果，牙齿很重要，乌金死了，人们才能去找牙齿，等很多年的话我觉得太长了吧，所以就让他死去了。

当然，也有对"无常"这种观念的表达。

徐晓东：的确，您的很多小说都有荒诞气息。《死亡的颜色》中，"一头猪被另一头猪咬死了"，这句话奠定了小说黑色的基调。

万玛才旦：是的，我对这个世界的整体认识，可能就是一种荒诞和无常的感觉。

徐晓东：您的这种荒诞感和无常感更多地来自于自己的生活体验，还是更多地受到现代派艺术的影响？

万玛才旦：可能更多地来自于现实吧。这种来自现实的感觉在文学、电影等艺术作品中又得到了一个呼应，我能清晰地感受那种感觉，于是又得到强化吧。

3. 寻找，最终没有找到，失落的主题贯串了我的写作

徐晓东：您的小说与电影中为什么一再书写"错过""遗憾"与"破碎"这种情绪？比如《诱惑》中，他有着得到经书的执念，却得不到那本经书，几世轮回，依然还是得不到。《流浪歌手的梦》里，歌手的梦中人最终死去，逼着他从梦中醒来，面对残酷现实。《陌生人》中，陌生人还是错失了最后一位卓玛。电影《静静的嘛呢石》中，小喇嘛没有追着父亲跑了老远，也只是怅惘地留了个 DVD 盒子。《寻找智美更登》中，导演没有找到智美更登，老板和女孩也没有找到他们理想的爱情……

万玛才旦：寻找，最终没有找到，失落的主题贯串了我的写作。

人在执念中产生孤独，《诱惑》与《流浪歌手的梦》表达的情境相仿。《诱惑》中虽然出现了经书，但它更多的是一个欲望的象征或载体，跟宗教、跟民族什么的都没有多大关系，讲的是人本身的一个处境。用这样一个故事，来表达

人注定的孤独和欲望的最终不可实现吧。

《诱惑》里的经书在《流浪歌手的梦》里有虚和实两个对应物，虚的是梦中的女孩，实的是龙头琴。当他将梦扔进河里，是一种虚无，也就是"空"。

陌生人最终错失了第二十一个卓玛，小喇嘛没有得到《西游记》的DVD，这也算是结构处理的一种方法吧，或者说，结尾的一种方法吧，与"大团圆"这种戏剧化的人为建构相对应，世上的事，多半是以"不圆满"为结局的吧。

徐晓东：悲剧是您最偏爱的表达，是因为悲剧更接近生活的真相吗？

万玛才旦：生活的真相我不知道。可能更接近我所体会的生活吧。

徐晓东：您觉得悲剧表现到怎么样的程度会比较舒服？是中国传统的"哀而不伤"呢？还是像希腊悲剧那样给人以痛感与震撼？

万玛才旦：关于悲剧，参照鲁迅的说法，大约是把美好的东西毁灭给人看，撕碎给人看，放大给人看。

但是，我觉得这种悲剧的时代已经过去了。世界变化得太快了，现在的读者和观众已经感觉不到那种悲壮的东西了。

徐晓东：是因为读者和观众都没有痛感了吗？

万玛才旦：可能是。而且，人与人之间的差别在缩小，悲壮可能是需要差异的。

当然偶尔也会有悲壮的东西。比如藏区，有时会因为婚姻的不自由，造成一个很大的悲剧。

现在，更多的是《塔洛》这样的悲剧吧，不是那么激烈，但会有忧伤。《静静的嘛呢石》也是如此，会有一些小小的忧伤，但这些忧伤随风而逝，改变不了什么。

所以，悲剧对我而言，就是"悲伤的故事"吧。

徐晓东：您小说的主角常常是一个孤儿，是不是艺术家都是一个孤独的存在，所以，您用孤儿来表现您所体验到的孤独感？

万玛才旦：一方面是为了表现人物吧，他处在那样的处境之中，才有个人化的精神状态；另一方面，也跟我自己的情绪、经历有关系吧。

创作是比较复杂的事，说不清。

徐晓东：在《黯淡的夕阳》中，女孩作为一个孤儿，唯一的温暖来自于那个头羊。是对人生苦的描绘，这个苦浓得化不开。您觉得像文学啊、电影啊，对这么苦的人生有什么作用？

万玛才旦：我觉得艺术就是为了描绘这些苦的，让人对人生有更深的体验。对快乐的描绘通常都是比较表面的。

徐晓东：为什么同样是情绪体验，快乐就比较表面，而痛苦就觉得深刻？

万玛才旦：痛苦是人的终极体验吧，快乐是一闪而过的东西，是短暂的，所以，就有点像假象。

我们看着周围每个人好像都挺快乐的，其实每个人都有自己的痛苦，痛苦总是秘而不宣的，是隐藏起来的，更真实、更深沉、更个己。

4. 我没有像传道那样的强迫性、功利性和目的性

徐晓东：您的小说或者电影往往具有隐喻或寓言的特点，您有意达成这种效果吗？

万玛才旦：这个问题很难准确地讲清楚。艺术作品本来就是精神性地呈现世界的影像，所以，每部作品或多或少都会有隐喻或寓言的特点吧。

有时候，写着写着就成了这个样子，当然，有时也是有意识地去建构。

像《午后》或者《敲门声响了》之类的作品，很明确地是在写自己的感觉和情绪。而有些小说或剧本，则一开始就有一个主题，当它通过一个故事呈现时，是需要赋予它某种结构与设计，最终就成为了那个样子。

徐晓东：您小说和电影里人物的名字具有象征意义吗？

万玛才旦：有些会对名字做一些设置，比如像"塔洛"，藏语意为"逃离的人"。而有些则只是个符码，没有更多的意义。

徐晓东：在《人与狗》中，很冷静的残酷与暴力还挺令人心痛的，写作上的极简与精致体现得淋漓尽致。

万玛才旦：这是我的处女作，很早就写了，上大学才发表了。这个小说基本奠定了我所有作品的基调吧。

徐晓东：人，狼，羊，狗，这些角色都具有隐喻功

能吧?

万玛才旦:对。处女作负担都是比较重的吧。想把自己对世界的感受、对人的认识全部呈现出来,不够轻松。

徐晓东:狗这个角色类似鲁迅那个喊醒铁屋子里沉睡的人的警醒者与呐喊者吗?

万玛才旦:没有,不想警醒什么人。

徐晓东:三户人家,一户是新婚夫妇,一户在生孩子,一户在生病,这样的设置出于什么考虑?

万玛才旦:这跟剧作有些相似吧,集中,极限,极致,然后故事才会有张力,属于这种设置。这篇小说就像一个戏剧,浓缩在某个固定时空里。

徐晓东:狼作为一个入侵者,狗作为一个守卫者,付出了生命的代价。是否跟您对藏区文化的担忧有关系?

万玛才旦:这篇小说跟藏区没什么关系,而是一个关于人性的东西,更多的是人性里面一些不好的东西吧。狼和羊都是改变这个事情的因素,生活中有很多不确定的因素。

徐晓东:《牧羊少年之死》在人性之恶上跟《人与狗》有些相似。

万玛才旦:牧羊少年的死更多的是表现人的冷酷吧。《人与狗》中的人最终看到狗死了还是有些反思嘛,《牧羊少年之死》中的人就更决绝,死就死了吧,死了也好。

徐晓东:小说以牧羊少年的视点看清了几世轮回,几世轮回中都充斥着暴力与悲剧。比如,母羊死的时候怀着胚胎,太血腥了。这个小说的家庭关系有点像卡夫卡《变形记》里的那个家庭，变形之后，父母和妹妹对他的冷酷与嫌弃，溢于言表，就像牧羊少年的家人说的那样：那么就让他死吧。

万玛才旦：对，肯定受了些影响吧。但最终的写作，不仅仅是来自现代文学作品的影响，跟我自身的体验也是有关系的吧。

徐晓东：《一页》中有种族面临消亡的忧伤与绝望。一百年日历，第一天从32日开始，一个种族就消失了。这个小说是对藏区现状的描绘吗？

万玛才旦：这个小说是对人类为了欲望而毁灭的一个描述吧。

徐晓东：《神医》中的"神医"有点像《等待戈多》里的戈多，还隐约可见《百年孤独》里描述的那种文化失忆症。

万玛才旦：对，受了《等待戈多》的影响。这是电影学院读书期间的一个作业，上戏剧课后，写一个故事。写完之后改成了这篇小说。

讲了人的短暂的或长久的失忆。不仅关系到藏区，整个人类世界的文化都存在着这种状况，趋同化就意味着某种失忆。

徐晓东：《陌生人》中，来的这位陌生人到底是谁？他用金钱引导了一场大家互动的游戏，这又隐喻了什么？故事的主人公似乎欲望很少，只有一百块钱，就喝起酒来，没有继续为了钱而去找卓玛。这些人物的设定和金钱作为游戏动力的设定,是有所指吗?

万玛才旦:陌生人与这个村子的人,明显是两个世界的,这两个世界很清楚地对立在那儿,你可以看到他们的区别。但也没有什么准确所指,可以做很多理解。

至于用金钱作为开展游戏的动力,也很清楚,在当下,很大程度上金钱能够让世界转动起来。

主人公只有一百块就喝起酒来,是因为他对物质的欲求并没有那么高,只为了满足当下一时的需求。

徐晓东:这个村庄是整个世界的隐喻或者说缩微版吗?

万玛才旦:不敢说是整个世界,但你也可以那样认为。《陌生人》这个小说象征、隐喻的成分有点浓吧。

徐晓东:《第九个男人》这篇小说很有趣。既有寓言式的现实主义色彩,又是带有现实主义色彩的寓言。

您的其他小说中,有很明显的男性视角,鲜活的形象通常都是男性,女性只是个符号而已,要么是梦的化身,很完美,像《死亡的颜色》中的卓玛,要么就是让男性走向恶的引诱者,比如《塔洛》中的杨措。只有《第九个男人》是例外,特别立体地去描绘一个女性,呈现了她的无辜、不幸与坚韧。为什么会忽然能够站在另一性别的视角上看世界、看人?

万玛才旦:我又不是那种很标签化的男性写作或者女性写作者。不知道,创作很多时候根本没法进行理性的分析,也没有什么规律。

徐晓东:这九个男人的安排挺好玩的。比如说,她第一个男人是个僧人,就挺有张力的,明明是禁欲的身份,却做出了充满欲望的事情。也因此使得女人背负着很大的舆论压力。

万玛才旦:所以,这需要数学很好、逻辑很好的人才可以写得出来(笑)。安排这九个人,既是叙事的需要,也要考虑到结构,还要顾及趣味性。

当然,逻辑也很重要,比如说,她在村子,为什么要出走,怎么出走,这需要一个内在的逻辑。有些是她在村里发生的事情,有些是出走后才可能发生的事情,有些是她有了一些经历后才可能发生的事情,跟一个人的成长状态还是有关系吧。

从开始对世界充满好奇,到最后对世界失去信心,跟这个过程是有对应关系的,人不就是这样的嘛。

徐晓东:不幸的家庭各有各的不幸,世界上不美好的关系大抵如这九种,您好像用关于一个女人的时间性叙事也展示了空间性的人生百态。

万玛才旦:不只这九种吧,还有更多,这个小说只写了这九种而已。其实讲的就是人性啊。

可能有点像大卫·芬奇的《七宗罪》那种感觉,七种原罪通过七个故事展现出来。写的时候倒没想到这个电影,今天突然想到了。

《七宗罪》有一个非常精巧的结构,最后的"嫉妒"与"愤怒"两桩罪由杀手与警察共同完成,这个杀手的天才策划有着对人性的很好预见,使得"七宗罪"涵括了所有人,包括他自己和所谓捍卫世界秩序的警察。浑然一体的严密结构。

徐晓东：第九个男人是个知识分子，他似乎囊括了前面"八宗罪"。

万玛才旦：对，他就是一个集中的体现吧，所以，叙事也是从他开始，然后闪回、闪回、闪回……电影的那种手法。

徐晓东：您身为知识分子，但对知识分子是有多大成见啊（笑）。

万玛才旦：也不是对知识分子吧，表面上是这样而已，这个角色用"知识分子"这一身份比较具有可能性。这只是个寓言，很多都是叙事的需要而已。

我前期的一些小说会有很强的寓言性。这几年写的小说可能寓言性就比较弱，跟现实的关系比较紧密一些。

徐晓东：所谓的"寓言性"是不是有一些"传道"的功能，就是借助一个叙事，将您对世界的理解对人的理解传达给观众，希望去影响别人。比如，像《塔洛》里的"为人民服务"，肯定有您所加持的世界观吧？甚至，他跟智美更登的"施舍"也是一脉相承的。总之，您写小说、拍电影肯定不是随便玩玩吧？

万玛才旦：传道可能很难吧。写小说、拍电影，肯定也不是随便玩玩的事情。但也肯定不是传道。我觉得，可能介于两者之间吧。

这是一个自我表达，让别人看到你的东西，接不接受是另一回事。

我没有像传道那样的强迫性、功利性和目的性。对我而言，可能只是希望这些现象被人看到，但是我也不寄希望于我能够改变什么，我改变不了，我觉得看我小说和电影的这些人更改变不了。

这些现象，通过电影的放大，可能会让大家看得更清楚。作为个体，看了我的电影，让他也能够感受到我所感受的，我做了我愿意且能够做的事，我就满足了。

徐晓东：看似是寓言，但其实更接近一个历史的纪录吧。您总是把自己所看到的、感觉到的，结构成一个故事将其呈现出来。

万玛才旦：对啊。我觉得我能够做到的，就是这些。哪怕是作为一个资料，也是有价值的。

5. 当我们意识到时，"时间"已经流逝

徐晓东：您对"时间"怎么看？

万玛才旦：通常我们是意识不到"时间"的，当我们意识到时，"时间"已经流逝。

时间中事物的变化是不易察觉的，今天和昨天，可能没有什么区别。可十年后和今天，就有巨大的不同。

有时，过一段时间未回藏区，忽然回去，会有一种恍惚感，陌生感，那种变化很触目惊心。可能就跟我们现在回想十年前，那种感觉差不多。

徐晓东：您写小说、拍电影总是有两种倾向：回到故乡；回到童年。比如《一块红布》，您似乎回到了特别幼小的时候。虽然已经在北京生活了这么多年，却没有去写这个时空。您所有的素材和灵感都来自于您过去在藏区的生活吗？

万玛才旦：我也不知道。创作就是这样，很难自己归类。也不是所有的素材都来自于过去吧，也有很多描写当下的故事。

当然，某些记忆中的人、事肯定是印象深刻的，所以，在创作时会自然的选择一些东西，这跟心态、情绪也有相关吧。

徐晓东：您小说里呈现的"时间"有时很主观，比如《诱惑》中，他明明睡了七天，却感觉自己刚刚睡着，而有的时候，又是比较客观的时间，比如他只剩下五年时间，五年一到，他就真的死去了。而有的时候，时间又是错乱的，比如将白天当成了晚上。

与时间的主观化相关，空间也很有趣，生与死这两个空间被打通，梦境与现实、客观与想象也被打通。

万玛才旦：这种对时间和空间的感知与体验建立得比较早，可能跟自身的感觉有关系，跟整个文化的氛围有关系，另外，也受一些创作方法的影响，比如魔幻现实主义什么的。

《诱惑》是早期的一个小说，但我的所有情绪基本都在那个小说里了，是早期创作里我比较喜欢的一个小说。

徐晓东：《一块红布》中，小孩子用一块红布蒙住眼睛去体会一个瞎子的感觉，这是否是作家体验生活、与角色共情的一种自况？

万玛才旦：是呀，其实是一样的，虽然作家是睁着眼睛，但的确像蒙住眼睛的孩子一样，去体会角色的状态与处境。

这个小说其实是为了剧本《永恒的一天》写的，为了丰富那个剧本。《永恒的一天》的主体也是一部小说，主线就是讲一个人经历了一天，而另一个人却经历了一生。

我同时设置的这个角色，他跟别人一样经历了一天，但他蒙住了眼睛，看不到任何变化，所以，一天下来，到黄昏的时候，他还是一个小孩，依然没有体会到黑暗的感觉，不知道黑暗是什么东西。而另一个人则经历了他的一生。

徐晓东：这两个小说加在一起挺有意思。

万玛才旦：加在一起就是永恒的一天了嘛（笑）。有一天，也有永恒。小孩子蒙住眼睛后一切都陌生化了，这个世界在想象中更有吸引力了。

徐晓东：在《神医》中，时间是春、夏、秋、冬，也是一生，又像"永恒的一天"，这种时间体验是您反复描述的。

万玛才旦：是啊，人生短暂。在你的人生刚刚开始、尚且没有任何经历时，往前看，一切都未知，似乎有无限多的可能性，于是会觉得人生很漫长；而等你经历了一切、回望一生时，所有可能性都呈现在面前，就跟一天差不多吧，很短，很快。这也是欲望产生的原因吧。

6. 世俗眼光中不完美的人比较令我着迷

徐晓东：您的小说中塑造了各种有趣的人物，有酒鬼、有孤儿、有与九个男人恋爱的女人、有死了白痴弟弟的哥哥，有冬天穿单衣夏天穿皮袄的疯女人，有为爱情神魂颠倒日夜不分的青年、有大智若愚又早逝的乌金，有用一块红布蒙住眼睛的小孩……通常什么样的人物比较令您着迷？

万玛才旦：可能在世俗的眼光中不完美的那些人比较令我着迷吧。这种不完美有时是他的性格，有时是他的人生经历。对于这些人，我比较感兴趣。

从创作的角度讲，几乎所有的人都吸引我，只是我没有那么多的精力去描绘与表现他们。

一个人物吸引了你往往只是一瞬间，但你需要很长的时间与极大的精力慢慢地去培育他，一点一点地使他血肉丰满。有时，你觉得这个人物或者这个故事很精彩，可你没有马上写下来，你没有时间来培育他，他就随即枯萎、消逝了。

而那些最令你着迷的人，比如塔洛，在机缘巧合下，将他慢慢地培育了，让他在故事里尽情生长。并不一定要解释什么，表达什么。其实也未必一定是这样的结局，也可以有美好的结局。只是你没有精力再用另外一种方式培育他来试一试。他的那些念头，很多人都会产生，未必跟你的民族啊文化背景啊什么的有关系。

徐晓东：鲁迅谈及怎么刻画人物，说最好画他的眼睛，倘若画了全部头发，再逼真，也毫无意义。您对刻画人物有什么样的经验、体会与方法？

万玛才旦：抓住他的一些特征吧，不画眼睛画头发也可以啊，头发也可能是一个人最大的特征啊……

徐晓东：嗯，像塔洛的小辫子和雍措的大辫子。

万玛才旦：对。

徐晓东：雍措和塔洛都失去了他们的辫子，辫子似乎具有某种符号意义，或者指代某种比较珍贵的东西？

万玛才旦：雍措的辫子跟塔洛的辫子还不太一样。

对于塔洛而言，辫子是一种身份的标志，失去了小辫子，没人知道他是谁了，连他自己也迷失了。

雍措的辫子则是一个性别的标志。她经历了所有的人生百态后，对尘世失去了信心，最终选择出家，并弃绝了这个性别标识。

徐晓东：《脑海中的两个人》中的阿妈冷措和《没有下雪的冬天》中的扎巴老人都凭借其外部形象令人难忘。阿妈冷措夏秋穿皮袄，冬春穿单衣，而扎巴老人则用火柴棍撑着眼皮。这两个人物有原形吗？

万玛才旦：没有原形。扎巴老人我是听说过这样的事，人老得眼睛根本睁不开了，就用火柴棍或者小木棍支撑起来。我觉得对于"衰老"的描绘，这是很传神的一个方法吧。

阿妈冷措是一个精神错乱的人，她沉浸在自己所体验的世界里，与别人所谓的正常世界是不相符合的，她所穿的衣服是错乱的，语言也不着边际，比如，她说天空被乌云吃掉了，虽莫名其妙，但是有一种可怕的意象在里面。从呈现的这一切中可管窥她整个生活的状况，甚至她的精神世界，这个世界是建立在迷惑和混沌的基础上的。

徐晓东：《乌金的牙齿》中，乌金这个人物也很有意思，在命运之手的摆布下，他前后形成一个反差。

万玛才旦：嗯，反差可能也是不错的塑造人物的方法。乌金前后有很大的变化，小时候数学很差，但成了活佛后，他学天文历算很好。天文历算其实也是数字的一种运算方法。可能是不同的智慧适应不同的领域。这种前后的对比有一种复杂的况味。

塑造一个人物，或者抓住他的外形，或者抓住他的性格，或者他的喜好，或者通过对比的方法，不能一概而论，根据不同的人物来定，总之必须要有能让人记得住的特点。

7. 数字通常包含着特定的文化含义，也体现出一定的秩序

徐晓东：您小说中经常会使用一些有意思的数字，比如"第九个男人"，"二十一个卓玛"，"八只羊"，您为何对数字如此感兴趣？

万玛才旦：数字通常包含着特定的文化含义，也体现出一定的秩序，这也是我对数字感兴趣的原因吧。

比如"二十一个卓玛"，"卓玛"就是"度母"，有不同

颜色,共二十一尊,简称二十一度母,跟观音一样,大慈大悲,是普度众生的一个神,能救度众生免一切天灾人祸。

小说里人物的安排跟这个是有关系的,这个村庄里有二十一个卓玛,而且每个卓玛都是不一样的,外貌、年龄、心态都迥然不同,就像度母有二十一个化身一样,彼此有一个对应的关系。

《第九个男人》中,之所以用"九",因为它是最高的数字嘛,可以代表所有。九个男人出现的先后顺序其实是女人雍措的变化过程。

在《塔洛》中,塔洛可以清晰地记得他每一种羊的数字,他对自己所处的世界有一种把控感。

数字在这里呈现出一种秩序感。

此外,哪怕没有出现数字,我的小说与电影在叙事中也往往用到了数字的概念。

8. 我更愿意抓住被藏得很深的那些东西

徐晓东:有人说您的小说与卡佛比较相像,但我觉得还是不太一样,卡佛常常写一些很物理化的现实,而您则喜欢呈现一些心理化的现实,比如梦境啊、幻想啊。当然,你们都比较朴素、单纯,少用形容词、少渲染、少抽象。为何采用这种瘦骨嶙峋的表述形式?

万玛才旦:很多事情本身就很清楚,在叙事中,只要如实描写就可以达到效果,用多了形容词,反而会影响你对事物的准确表述，可能会将读者引到另外一个方面去了。

形容词，等于是有个中间物，你通过这个中间物，才能到达目的地，无形中造成一个距离。所以，我觉得很多时候这是不需要的。

徐晓东：另外，您也比较喜欢直接展示人物的行为和语言，而不做心理描写。

万玛才旦：对，我觉得心理描写不太必要，我可以避开这些东西，用另一种更简单的方法去描述人物。

对我而言，"她想……"这种方法可能是太过于直接和粗暴，进入人物的心理，甚至干涉她的语言。还是观察的方法、带距离的描写更舒服、更可信。

态度的不同决定了写作的方法，最终形成一种个人风格。

徐晓东：藏戏中，舞台要么没有什么布景，要么只是简单的布景，您行文上经常也没什么陪衬与拖带，基本上是人物一出现就开始行动，没有冗长的铺垫与描写，与藏戏的这种处理有关系吗？

万玛才旦：跟这个没有关系吧，可能跟自己简洁叙事的方式有关吧，极简的叙事方式是对以往叙事方法的一个背叛，大段的景物描写、人物肖像描写、心理描写都不再是必须的了，这些东西都是外在的，人物身上最本质的东西都隐藏得更深，这些描写根本触及不了。所以，我更愿意抓住被藏得很深的那些东西。

9. 可以写比较"重"的，也可以写比较"轻"的

徐晓东：在《陌生人》中，主人公会对着青蛙讨好地笑，提了一桶水漏掉了一半，浇灌到枯树上。藏人同植物、动物之间的关系描述得很动人，是为了创造一种所有生命都处于同等位置上的动人氛围吗？

万玛才旦：没有刻意地去表现这些，但藏人意识里的确有这样一些观念吧。可能也是为了达到一种比较荒诞的、陌生的效果，这是方法之一吧。小说的细节描写很难理性或者功能性地去解析。

徐晓东：《午后》中，时间的错位造成了一切都陌生化、怪异化，有恍惚感，对狂热恋爱中的错乱表达得令人心动，男人背着梯子去约会这个形象是在与莎士比亚的《罗密欧与朱丽叶》形成互文吗？

万玛才旦：与罗密欧没关系，这是我听到的一个故事，有人的确做了类似的事。

他路上遇到的人啊、事啊，都是虚构的，要找到适合人物视点的描写，帮助创建一个可信的时空。

这篇小说只是一个感觉性的东西，没有什么所指，有意象，但没有所谓寓意啊什么的，很纯粹、很"轻"的一个小说，身上负担的那些东西进入得很少，只描绘了人本身的一个状态。我自己也挺喜欢的。

徐晓东：有点类似于卡尔维诺所说的"轻逸"，人、故

事、结构、主题、语言都没有沉重感。但您的大部分小说还是蛮"重"的。

万玛才旦：小说有多种可能性，可以写比较"重"的，也可以写比较"轻"的。

人的沉重感、文化与历史的沉重感，往往是一个青年作家较多体验与关注的，他想表现他的时代，有某种使命感。

随着年龄与阅历的增长，他不再牢固地胶结在世界的沉重与晦涩里，而多出一份从容与超脱，可以生成一种明快轻松的质感。

10. 对比与镜像式的表达比较直接

徐晓东：您频繁地用到对比与平行，比如《一块红布》中，两个少年的爱情是平行进展的；《八只羊》中，甲洛与老外的遭际充满对照感；《寻找智美更登》中老板的爱情与蒙面女孩的爱情也彼此成为镜像……

万玛才旦：我觉得与形容词不一样，对比与镜像式的表达是比较直接的，让你一下子看到两者之间的区别，不像形容词那样需要通过一个联想才能抵达。

徐晓东：在《八只羊》中，小羊羔的妈妈被咬死了，甲洛的妈妈也死了，老外又遭遇了"9·11"，这都是些暴力事件，自然的暴力或者人为的暴力。这样一来，设计的痕迹会不会太强了？

万玛才旦：对，有一点太集中。

徐晓东：正因为他们都经历了暴力，所以可以共情和移情？

万玛才旦：他们其实还是在自己的世界里体会，不知道对方真正遭遇了什么啊。他们或许可以感受到对方的情绪，但是这种情绪的具体来源他们彼此是不知道的。

徐晓东：他们语言交流上的障碍有"巴别塔"的感觉。他们其实在经历着相似的感情伤痛，但他们没办法用语言来交流。

万玛才旦：对，就是"巴别塔"。其实，就算语言相通，人与人也是无法真正深入交流的吧。

这里表面上写的是人与人之间有着不同的文化、不同的语言，但哪怕同一种文化同一种语言，这种不可交流的情况还是普遍存在的。

交流是人的一个最基本的渴望，但不管语言通还是不通，这种渴望最终都不能被很好地满足。

徐晓东：小羊羔的出生还是带来一点希望，只是这个结尾还是有些人为设计的痕迹啊。

万玛才旦：你说的有些设计的痕迹可能跟想拍成电影有关系吧，本来想拍一个短片，后来种种原因没有拍成。作为电影，它有很精确的设计，比如人物遭遇与情感上的对比啊，或者结尾的亮色啊……我觉得，越精致的小说可能设计感越强。

徐晓东：设计固然有，可能不会这么集中和直接吧。《八只羊》更像剧本的写法吧。

万玛才旦：对，介于小说与剧本之间。

徐晓东：在《死亡的颜色》中，美与丑也形成很鲜明的对比。哥哥的世界中，弟弟达娃是极丑的，而女孩卓玛是极美的。极丑的弟弟死了，极美的卓玛也无法跟他结婚了。这个关系挺有意思的。

万玛才旦：设计这两个人物是为了建立一个反差。这种设置比较常见，美与丑，善与恶，这种对比很容易达到效果，比如《巴黎圣母院》啊、《笑面人》啊。

徐晓东：您的电影总给人一种很现实主义的感觉，小说则有更多这样的浪漫主义的东西。

万玛才旦：对比的手法也不仅仅用在浪漫主义文学中，比如左拉的《陪衬人》就深谙其道。卖"丑"之所以成为一个生意，是因为一个人的丑可以提升另一个人的美，出租丑女作为"陪衬人"会受到本身并不出众的太太小姐们的欢迎。

11. 信息的缺失会使得故事更有余韵

徐晓东：《死亡的颜色》中死亡究竟是什么颜色并没有告诉读者。

万玛才旦：我也不知道死亡是什么颜色。达娃也许是通过颜色这个媒介来体验死亡的，整篇小说也是建立在这个基础上的。

读者也许会期望看到死亡到底是什么颜色，但最终也没有看到。这种悬念往往能征服读者。

信息的缺失会使得故事更有余韵。

徐晓东：嗯。这跟《寻找智美更登》中蒙面女孩的方法有些类似，只是说这是个漂亮的女孩，这个声音很甜美，包括导演在内的剧中人物都想看她的面孔，观众的期待也被唤起，但最终还是没有看到。

您的小说与电影中还有很多的秘密和留白。在《没有下雪的冬天》中，扎巴老人到底是旦巴的叔叔，还是杀死旦巴父亲的凶手，是衣衫褴褛的大师的父亲？这些都没有说得很明白。

万玛才旦：前面其实有一些草蛇灰线，表明扎巴老人可能就是旦巴的仇人。比如，妈妈临死前有话要说最终什么都没有说。

徐晓东：他的父亲同时是他的仇人，爱恨交织，是您对人情感的复杂度的一个理解吧？

万玛才旦：嗯。世界并非时刻清晰地呈现在我们面前，在《寻找阿卡图巴》中，对事物的不可知性、不确定性的描写，可能有点《罗生门》的感觉。

徐晓东：我觉得它跟《罗生门》还不太一样，《罗生门》对于所有的视角都给予了几乎平等的观照，而您在叙述中其实倾向于认为阿卡图巴为了保住那本书而做出很大的自我牺牲，"无论别人怎么看你，怎么说你，都要想尽办法活下去。"人成为传承的根本，他走过历史。

万玛才旦：这是一个事实的基础，在这个基础之上，会产生很多变体嘛。事件一旦发生，那个事实是不会变的嘛，但是发生之后，经过人的主观处理，就有很多版本了。

12. 反复是一种力量

徐晓东：民间故事那种简单的复沓式叙事，在您的小说中也反复用到。比如在《诱惑》中，写到他第一次看到经书，第二次，第三次……然后，他只剩了五年时间，只剩下三年，只剩下两年……

万玛才旦：对。反复是一种力量嘛。

徐晓东：反复除了滋养出一种力量，是否也形成一种音乐的旋律感？

万玛才旦：对，也有。这种反复并不是机械地重复，是随着情绪在变化的。或者可以说是"变奏"，反复中又有微妙的变化，才能最终达到完美效果。

徐晓东：《尸说新语·枪》几乎就是一个民间故事。

万玛才旦：这个故事的框架来自于我翻译的《说不完的故事》，借用了民间故事这样一个结构，原来的故事是发生在"很久很久以前"，而我的故事是则发生在"遥远的将来"，像一个科幻片一样。

故事往前进展的动力是主人公总是忍不住开口讲话，一旦他开口，尸体就又飞回去了。于是，故事重新开始……

徐晓东：在使用复沓的方式结构小说时，您还比较善于运用各种技巧来完善叙事。比如，用"时间限制"的方法来加大人物的压力，在《诱惑》中，您写道：只剩下三年，只剩下两年，只剩下一年……

万玛才旦：对，时间的压力可以增加人物的迫切感，也可以给读者以紧张感。

徐晓东：《寻找阿卡图巴》中，您在叙事中用了"欲扬先抑"的方法，先将人物塑造成不堪的形象，然后来一个反转，产生很大的戏剧性力量。

万玛才旦：是的，叙事中要不断地调整叙事的重心。

13. 对于短篇小说而言，结构还是越简单越好

徐晓东：很多作家都说找到开头的第一句话非常难，对您而言，是否也有这种体验？

万玛才旦：故事是否吸引人当然有它自身的指标，但对于写作而言，技巧也很重要，比如，怎么开头，开头以后又怎么写。

有时候，小说的第一句自然而然就会出来，有时候，第一句就很难，写上多次，不断改、不断删，才能找到准确的表述。

《嘛呢石，静静地敲》的开头颇费了些心思，一开始总是写不下去，尝试各种开头的方式，终于找到了第一句，知道故事从哪里开始，用什么样的语气来讲述，营造一种什么样的氛围与基调，后面就会很顺了。

尤其是讲述这样一个带有魔幻色彩的故事，要让读者信

任,必须创造条件。当确定人物为酒鬼时,后面发生的一切才具有可信度。这篇小说也是为了讲述一个故事而设置一个人物的典型例子。

对于《第九个男人》而言,第一句话也比较重要,"在遇见这个男人之前,雍措对所有的男人都失去了信心。这个男人是雍措的第九个男人。"有了第一句话,后面的自然而然就来了。

怎么写这九个人,当时颇费思量。而第一句话一出来,里面就暗含着一个时态,并赋予写作一个顺序,即先写最后一个男人,然后往回写。写她的各种遭遇,也是人性的各种不堪。最后这一个,是集大成者吧,藏得更深。其他人本性都很快地显露了,而他则是慢慢慢慢地渗透出来。

徐晓东:通常您判断第一句找没找到的标准是什么?

万玛才旦:这是很主观的一个感觉,没什么标准。如果第一句写下来,后面可以很顺地进展,一切都能自然地出来,甚至有停不下来的感觉,那么,第一句就是合适的。

徐晓东:在您的大部分小说中,讲故事的顺序都是从中间开始,先追溯前因,回到当下,再继续讲下去。这种讲述的顺序是出于什么考虑?

万玛才旦:是为了叙事的节俭吧。如果从头到尾讲,可能需要很多铺垫,在我看来是没有必要的,没有太多实际意义,还不如直接找到一个点,在叙事的过程中,一些人物的前史和背景性的信息会自然而然地带进来,这样一来,小说会更精致。

我觉得，对于短篇小说而言，结构还是越简单越好。当然，选择这个开始讲述的点还是挺难的，跟刚才说的选择开头第一句话一样。

徐晓东：很多时候您都谈到叙事是讲究技巧的，您会炫技吗？

万玛才旦：玩弄花样和炫弄技巧是不自信的表现。

当然，反过来说，对于有些大师，也是自信的表现，比如说毕加索，他真的是达到了那个境界，超越了某个层面，自然地就玩了起来。

但对于有些人来说，他事实上并没有达到那个境界，非常不自信，只是形式上狐假虎威，通过一些花哨的东西来显示自己，掩盖自己的缺陷。很多绘画如此，很多小说、电影也如此。

14. 比起小说，电影是个很集中的东西

徐晓东：写小说和写剧本的在思维上差别大吗？

万玛才旦：对我而言，写剧本也跟写小说差不多，跟职业编剧写剧本的套路方法是不一样的。他们要写人物小传啊，大梗概啊，结构啊……对我而言，写着写着就出来了，是个自然生长的过程。

电影更复杂一些吧，不仅是文字表现，还要经过拍摄与剪辑。小说和电影框定的空间不一样，所以，小说中你觉得很真实的东西、觉得很好的对话，可能放在银幕上就会很

假。读小说时你会觉得人物的关系很自然,语言也很适宜,但在银幕上看到,有时就会觉得生硬。小说里可以说一些高大上的话,电影可能太直观了,就会让人觉着不舒服,有点矫情。

徐晓东:是否因为小说的语言其实是抽象地存在于读者的意识中,不是一字一句地说出来的,它整个地作用于读者?

万玛才旦:不知道原因是什么。但这种感觉我体验过。

你看《塔洛》,读小说时,会觉得这个对白很正常啊,但由电影中的人物如此这般一说,就不像那么一回事。

比如,《塔洛》中,小朋友们说,"只有清朝的人才留辫子",内地来的大学生们则说,"你是艺术家吗?""你们看他的眼神,那么深沉,肯定是一个深刻的艺术家。"这些对话在小说中觉得很自然,而且是有趣的。但在电影中,塔洛就那样站着,如果来了别的人、有了这样一段对话,就会很假,很不自然。所以就将这段去掉了。安排了一个警察上来,与塔洛发生了一些对话。

徐晓东:这个警察也是从主题出发,为电影中探讨的"身份"加了一点力吧?

万玛才旦:嗯,比起小说,电影是个很集中的东西,只有90分钟,就像一场足球赛,规则就是这样,90分钟,然后一切就结束了。所以,电影其实是挺难的,它是限定的一个叙事。

而你省略太多也不行。在小说里,有时一句话就可以代过去,过去了 5 年,就完了。但在电影里,如果你用字幕写上"五年之后",总是有点假吧。从叙事的层面讲,电影的确是充满了限制性的创作。当然,这也是有技巧的。

当然,电影也有小说没有的优势。有时 90 分钟就可以鲜明形象地展示几代人,这方面小说有点弱。

徐晓东:嗯,《塔洛》的一开头,有所长与村长关于"塔洛是谁"的对话,电影中去掉了,更干脆和直接。

万玛才旦:小说需要铺垫一下,需要一个慢慢进入的过程。主人公不露面,到三分之一时才出现,由别人对他的谈论勾起读者对他的兴趣与想象。

而电影中,主人公第一时间出场,直接进入主题,这些背景信息会在后面渐渐地呈现,小说开头那些侧面描写的功能在电影中用别的方式也都一一实现了。

小说与电影,在这方面区别还是挺大的吧。

徐晓东:小说中,剪掉的小辫子上还系着一根红线,塔洛弯腰捡起装进口袋里了。而电影里就更决绝一些,并没有与这个辫子再发生任何纠结。

万玛才旦:小说里,是一个情绪化的表达,这个细节可能是感人的。但是在电影里,若再有这种细节,可能会破坏那种绝望的、孤注一掷的感觉。

徐晓东:小说中,塔洛算是主动地"走出大山",与杨措在一起。没有小羊羔的戏,也无雇主对他的羞辱。而电影中则有很多外在的力量推动他一步一步走向结果那个方向。

万玛才旦:在小说中,读者是有较大想象空间的,他们可以补足一些信息，所以没有必要写得太实。而在电影中，还是需要一个视觉化的呈现吧，通过视觉来凸显这个人物，所以加了塔洛在山上的生活这一部分，也强化了人物行动的外部推动力量。

徐晓东：会不会也是因为考虑到电影的通俗性？

万玛才旦：也不是为了通俗性吧，主要还是因为两种媒介的特点相异。

文字能够建成的意象，电影很难达到。写小说时你在描述情节的过程中，还可以传达很多情绪性的东西，可以跟读者建立起共鸣。也可以进行概括性叙事，比如，塔洛去到山上，多少多少天就回来了。这样一句话就够了，它包含的信息很多，读者瞬间就做出一个补充性的想象。由此，人物做出的决定读者也是完全可以理解的。

而在电影中，省去这些具体的活动，就失去了构筑想象的空间，这个世界就不成立了。所以，需要一些很实的东西将其支撑起来。

此外，电影观众能与人物共情，也需要一些东西，比如，塔洛一直随身抱着的小羊羔被狼吃了，雇主又打他、羞辱他，他一个人因为对杨措的爱慕而学习拉伊，这些细节的铺垫使观众能够感受到他情绪的强度，使观众建立起一个更感官化的体验，对于故事的真实感有一种信任，对人物也有信赖感，代入感更强，一旦他做出某个决定时，观众会觉得这个决定是有依据的。

15. 艺术并非为了与现实对抗

徐晓东：您通常把读者放在什么位置，会为了更多读者能够读懂而有意通俗化吗？

万玛才旦：有时也会。其实我还是比较注重情节与细节的，这大约也是让人能够基本看懂的一个要求吧。

徐晓东：对您而言，艺术是一种与现实的对抗吗？

万玛才旦：我觉得没有必要对抗吧。艺术就是一个自我表达的需要，但这个表达并没有树立假想敌，并非为了与现实对抗，可能也有对抗的成分，但那不是目的之所在。

徐晓东：写作对您而言，是一件乐事还是一件苦事？

万玛才旦：兼而有之。创作其实就是一件痛苦的事情，快乐地创作只是一种想象与虚构。若有快乐，多半在创作之后吧。

徐晓东：对于写作的时间与环境，您有特别的偏好吗？

万玛才旦：现在已经没有什么区别了，以前，晚上会好一些，安静的环境会好一些，现在都无所谓了，什么环境什么时间都可以，就好像一个随时可以上战场的战士。

徐晓东：通常，具备了哪些条件您才开始动手写作？是人物、故事、结构、语言的质感等都心中有数了才开始写作，还是一切都模模糊糊的就开始动笔了，一边写一边让它清晰起来。

万玛才旦：有一个大概的故事和人物，一边写一边让它清晰起来。

有时,甚至只有一句话,就开始写了,比如《塔洛》、《嘛呢石,静静地敲》等,写着写着,一切就自然地生成了。

对于一个成熟的小说家来说,这是一件可以出现的事情,就像放映电影一样,只要你找到那个胶片,有了放映的条件,它就会流畅地播放。

徐晓东:有人说,对于一个题材,既不能搁置得太久,又不能仓促动笔,您通常怎么处理?

万玛才旦:这个说法对于长篇小说可能是对的。对于短篇小说而言,最好是有了想法马上动笔,或者说,可以仓促动笔,但不能搁置太久。搁置太久,可能自己也觉得没意思了,就失去了写它的兴趣。也有可能,它变成了另外一个故事。

徐晓东:您会跟朋友谈论您正在创作的小说并根据他们的意见进行修改吗?

万玛才旦:小说我一般都不会谈论。写完看上一两遍,稍做修改,就可以了。

徐晓东:对您的写作技巧影响最大的人有哪些?

万玛才旦:肯定跟一些作家有关系,但可能跟生活和对生活的认识也有关系。这种影响是多方位的,很杂乱,仅抽出几个作家来谈对你的影响,对其他作家也是不公平的。一个人长这么大,肯定是吃五谷杂粮的结果,不能归功于哪一种粮食或元素。

当然,也有那么几个人,我可以清晰地感受到自己所受的影响。像马尔克斯、卡夫卡、福克纳、契诃夫、莫泊桑、卡佛……我更喜欢读一些短篇小说,受短篇小说作家的影响比较大吧。

徐晓东:拍电影对您写小说有帮助吗?

万玛才旦:肯定有影响啊。小说集《嘛呢石,静静地敲》受电影的影响比较多。比起前一个小说集《流浪歌手的梦》而言,更节制一些,更简练一些,这些跟电影剪辑的训练也有关系吧,通过一些意象的并置,创造出一加一大于二的效果,不需要面面俱到地完全描述出来。

徐晓东:马尔克斯会因为《百年孤独》中少校死了而悲痛,您会因为小说人物的悲惨处境(比如牧羊少年的死,《人与狗》中狗的死)而心碎吗?您的宗教对于创作有影响吗?

万玛才旦:肯定会悲伤吧,但是对于小说中的人物而言,这也是常态啊。生活就是这个样子,总是要面对啊。

一方面,长篇小说的作者与他的人物相处得太久,与短篇小说作者的情感投入不一样;另一方面,跟每个人对生死的态度也是有关系的。死亡很正常,也很无常,都要坦然面对。

至于宗教,肯定对创作有影响,但这种影响并非那么表面化,所以很难一一陈述,我觉得,主要还是态度,比如对于死亡的态度,就是信仰带来的吧。

16. 写作只是一个凡人的欲望

徐晓东：您不停地写小说、拍电影的深层动力来自哪里？

万玛才旦：来自人的欲望。

徐晓东：被听到？被看到？被理解。

万玛才旦：原欲。身体之中就有的欲望。真正的智者是不需要表达的。释迦牟尼没写过书，苏格拉底也没有写过书。

所以，写作只是一个凡人的欲望。

2016 年 5 月 27 日